徳間文庫

最後の戦慄

今野　敏

徳間書店

ガイアは、ギリシア神話のなかの「大地の女神」。
イギリスの科学者J・ラブロックがこの名を「生きる地球」という意味に使い、
環境用語として定着し始めている。

1

キューバ、ニカラグアは、今や、本来の国名で呼ばれるより、レッド・アメリカと一般に呼ばれるようになっていた。

アメリカ合衆国は、ここ一世紀の間に、何度も経済的な危機に直面した。

何とか切り抜けはしたが国力は弱体化し、事実上、西側陣営の盟主の役割を果たしきれなくなっていた。

代わって国際社会のリーダーシップを握り始めたのは、かつてのEC（ヨーロッパ共同体）を中心として誕生したヨーロッパ共和国連邦だった。

アメリカの相対的な影響力の低下で、中米の左派勢力が息を吹き返したのだった。

6

中米地区のソ連化、キューバ化はじわじわと進んでいた。

アメリカは武器と兵士を中米に送り込んでいたが、戦況は泥沼化し、すでに手のほどこしようのないところまできていた。

レッド・アメリカに対抗する新しい勢力は、かつてのNATO軍を中核として発展的に組織されたヨーロッパ共和国連邦軍のコマンド部隊だった。

今、ヨーロッパ共和国連邦軍の太平洋主力艦隊から、コマンド部隊一個中隊を分乗させた輸送用ティルト翼機ベル9000Sが四機、垂直に飛び立った。

ティルト翼機というのは、いわば飛行機とヘリコプターの中間にある航空機だ。

両主翼の先端に、それぞれ一基ずつ、ローターを持っている。離着陸の際には、このローターを上に向け、ヘリコプターのように使用する。空中へ舞い上がったあとは、ローターを徐々に前方に傾けていき、九十度の位置まで持っていく。ローターは従来の飛行機のプロペラと同じ役割を果たす。

二個のローターは互いに逆方向に回転してトルクを打ち消すように設計されているため、昔のヘリコプターのような後部ローターや、テイル・ブーム揚力発生装置は必要ない。

飛行中の姿は、プロペラ機そのものだった。そのため、ヘリコプターでは不可能な時速七百キロというスピードが可能となっていた。

ティルト翼機ベル９０００Ｓのボディには白い文字で堂々とＵＲネイビーと記されていた。

ＵＲは、the Union of Republics――つまりヨーロッパ共和国連邦を意味している。

機内ではＵＲコマンドの迷彩野戦服を着た兵士たちが、Ｈ＆Ｋのアサルト・ショットガンやサブマシンガンを胸に抱いて、壁際に列を成し、向かい合ってすわっていた。

ドイツ語、フランス語、英語、あるいはそれ以外の言葉が飛び交っていた。

機内は赤い照明が点《とも》っている。

ヨーロッパ共和国連邦の太平洋艦隊司令部が米軍からのレーザー通信を受け取ったのは、わずか二時間まえだった。

レーザー通信は、静止衛星を経由して行なわれる。

米陸軍特殊部隊が、ジャングルのなかで、完全に孤立しているという。米軍はパナマの駐屯地からすみやかに援軍および救出部隊を派遣した。

しかし、今やレッド・アメリカ地区での合衆国軍の苦戦は明らかとなっていた。

そこでヨーロッパ共和国連邦太平洋艦隊の登場となったわけだ。最近ではよくあることだった。

ベル9000S機内の照明が赤から無色に変わった。いっせいにURコマンドたちは立ち上がり、頭上のバーにロープのフックをひっかけた。

壁のランプが赤く点滅している。

ドアが自動的に開く。

ランプが青に変わる。ベル９０００Sはヘリコプターのように空中静止《ホバリング》をしている。URコマンド部隊の兵士は次々とロープ降下をした。すべての兵士を吐き出したベル９０００Sは、再びローターを前に倒し、バンクすると、艦隊へと引き返していった。

中隊は三個小隊から成っている。一小隊の人数は十二人だった。URコマンドは小隊ごとに集合し、小隊長は、中隊長に員数を報告した。中隊長のゲオルギー・ウェーバー中佐は、すぐに降下地点と目標地点の確認を行なわせた。

かつて熟練した兵士が磁石と星や太陽の位置、地形を見きわめることで現在位置を確認したものだが、現在ではその必要はなかった。

人工衛星から発せられるビーコンを受信し、コンピューターがそれを読み取る。緯度経度は秒単位までディスプレイに表示される。

目標地点まで約二キロの行軍だった。

ゲオルギー・ウェーバー中佐はすぐに前進を命じた。腰まであるシダ類、木々の間にびっしり生えているさまざまな灌木《かんぼく》、頭上はるかに葉を広げる蔓《つる》状植物、そしてむっとする湿度――ジャングルの行軍はひどく体力を消耗する。

歴戦のコマンドたちも、たちまち汗まみれになった。

「あと五百メートルです」

ゲオルギー・ウェーバー中佐付きの情報将校が言った。

ゲオルギー・ウェーバー中佐はその場で前進をやめた。

「小隊ごとに散開」

彼はトランシーバーで、小隊長たちにそっと命じた。

コマンドたちはほとんど音を立てずに散っていった。

ウェーバー中佐は、眉根《まゆね》にしわを寄せて考えていた。彼は迷わなかった。すぐさま、トランシーバーに向かって言った。

「待て。動くな。その場で待機しろ。何かおかしい」

情報将校はピエール・ロランという名の少尉だった。彼は、ウェーバー中佐の言葉でやはり少しばかり雰囲気が妙なことに気づいて、注意深く眼と耳を働かせた。

「ロラン……」

ウエーバー中佐は周囲を観察しながらそっと語りかけた。

「はい《イエッサー》」

「なぜ戦いの音がしない？　銃の音がしないのはなぜだ？」

「膠着《こうちゃく》状態なのかもしれません」

「いや、アメリカは、援軍を送り込んだばかりのはずだ。われわれは派手な撃ち合いのまっただなかに到着しなくてはならない」

「はい……」

「艦隊に連絡を取るんだ。衛星からの正確な赤外線解析写真を見るように伝えろ」

「了解」

ただちにその手続きが取られ、現在、ウェーバーたちがいる地区をカバーしている衛星から艦隊へ、レーザー通信で画像が送られた。

五分後にこたえが返ってきた。

ロラン少尉はウェーバー中佐に報告した。

「中佐。現在、このあたり半径四キロで人間と見られる生命反応は、わが軍だけだということです」

「われわれは降下地点を間違えたということか？」

「それはあり得ません」

「では、救援を求めるアメリカの通信が偽物だったということか？」

「だとしたら、これは罠《わな》かもしれません」

「罠？　何のために？　理由がない。とにかくパトロールを出そう。各小隊から四名だ」

　命令が伝えられた。

　ほどなく、ウェーバー中佐のトランシーバーから度を失った小隊長のひとりの声が聞こえてきた。

「中隊長。東南へ七百メートルの地点です。すぐに来てください」

「何があった。情況を報告しろ」

「それが、その……。その眼でごらんいただきたいと……」

　ウェーバー中佐はロラン少尉を見た。若い少尉は露骨に不安そうな表情をしていた。

　ウェーバー中佐は、その頰《ほお》を軽く叩《たた》くとトランシーバーに向かって言った。

「わかった。すぐに行く」

　ウェーバー中佐とロラン少尉は、四名の兵士とともに東南へ向かった。

しばらく行くと、ぎっしりと密生していた植物がいきなり開けた。

ひどいにおいが鼻をついて、さすがのウェーバー中佐も顔をしかめなければならなかった。

急に植物の壁がなくなった理由はすぐにわかった。

強力な火器で焼かれ、切り倒され、へし折られているのだ。

そして、そのにわか作りの広場に、おびただしい数の死体が積み重ねられていた。

その多くは、腕や脚を失っている。中には首のないものまであった。

血まみれだったが、服装は充分に識別できた。

驚いたことに、その死体の山は、米陸軍特殊部隊、米空挺《くうてい》部隊、そして反政府ゲリラ、レッド・アメリカ政府軍の兵士たちから成っていた。

つまり、敵味方の区別なく、この周辺で戦っているべき兵士たちがすべて殺され、山と積み上げられているのだ。

あまりのことに、URコマンドたちは我を忘れてそのピラミッドを見上げていた。

彼らは待機の命令すら忘れていた。URコマンドたちは、今や全員で死体のピラミッドを取り囲み、見上げていた。

「いったい、誰がこんなことを……」

つぶやいたのはロラン少尉だった。

中佐はその声で我に返った。

彼は命じた。

「この異常な情況について、あらゆる情報を収集する。各隊、六名の歩哨《ほしょう》を立て、六名で調査活動を行なうように。さ、すぐかかれ」

URコマンドたちは、きびきびと動き始めた。

ウェーバー中佐は、再びひとり死体の山を見上げ、ロラン少尉のつぶやきを心のなかで繰り返していた。

「誰がこんなことを……」


事の一部始終を見ている者たちがいた。

彼らは三人だった。

三人の男たちは地上にはいなかった。彼らは、地球と月のラグランジュ点のひとつに建造されたコロニーから、地上の映像を見ていた。

ラグランジュ点というのは、二つの天体があり、その両者の質量の割合が適当な範囲にある場合、その二天体と正三角形をつくる点をいう。

ラグランジュ点では、重力のバランスが取れて第三の天体が存在できるのだ。

地球と月のラグランジュ点は昔から、宇宙塵《じん》の集積所として知られていた。

そのコロニーは、ゲンロク社という名の企業体の本社だった。

二十一世紀の後半、西側世界のリーダーシップを握っているのは、ヨーロッパ共和国連邦だけではなかった。

多国籍企業が、二十世紀のさまざまな規制をはねのけ、さらに巨大化し、世界経済を掌握していた。

アメリカ合衆国の国力は衰えたが、アメリカの多国籍企業はそれとまったく関係なく、発展していた。海外に設立した会社は原則としてその現地の法人格を取るので、親会社も子会社も本来はアメリカの資本でありながら、いくつもの国籍の企業の複合体ということになるのだ。

特に日本の企業の進出は目覚ましかった。

アメリカ合衆国が「日本叩き《ジャパン・バッシング》」を声高に叫んでいたのは二十世紀までのことで、今世紀に入ってから、合衆国政府は沈黙せざるを得なくなっていた。

日本の企業が合衆国国内に子会社を持ち、米国経済に少なからず寄与していた。また、アメリカの企業は進んで日本の企業と合弁会社を作っていた。

これら多国籍企業は、また、性格上多種多様な企業が集まったコングロマリットでもあった。

多国籍コングロマリットは、国境のない帝国だった。事実、いくつかの多国籍コングロマリットは、国際政治の舞台で発言力を持ち始めているのだった。

ゲンロクはそういった巨大コングロマリットのひとつだった。ラグランジュ点に浮かぶゲンロク本社のコロニーは、権力と財力、そして最高の科学力の象徴でもあった。直径約五キロメートルの円筒形で、一四四秒に一回、回転して人工重力を作っている。

中心軸の無重力地帯には、スペースプレーンの発着所があり、一般に港《ポート》と呼ばれていた。

居住区とオフィス地区、および実験ブロックは完全に分かれており、常に三万人の社員とその家族が住んでいた。

ゲンロク社はこの他に、月面に工場を持っており、さらに火星に有人キャンプを設立する権利を有していた。

この時代までに、月面ではさまざまな建造物が作られていた。

ＮＡＳＡは、月着陸船を改造し、そこを仮の宿舎として、巨大な球をふくらませる方法を実践していた。その球を月面の土砂で埋めるのだ。土砂の厚さは三メートルとされていた。

また、日本の宇宙開発事業団は、ＡＩ（人工知能）を持ったモグラのようなロボットに横穴を掘らせていた。その後に横穴の壁を高熱で焼くと、壁は融解してガラス状になり、気密性のトンネルができる。そこを居住区にするのだ。

しかし、ゲンロク社の月面工場と居住区はもっとなじみのある方法で作られ、しかも住み心地がよかった。

月の岩石からセメントを作り、コンクリートで基地を作ったのだ。

コンクリートは断熱効果も良く、放射線も通しにくいのでＮＡＳＡの方法のように土砂で埋める必要がない。

鉄筋入りだと金属や樹脂よりも耐圧性が高いことがわかっているため、気圧調整もやりやすいのだった。

「役に立つじゃないか……」

三人のなかのひとりが言った。日本語だった。返事を期待しているような話しかたではなかった。

「そうとも」

別のひとりが言った。「彼らが最強の戦士であることはこれで証明された」

残る最後の男が口を開いた。

「たった四人で、約百名の武装兵士を片づけてしまった……」

「しかし……」

最初の男が言った。「あの四人は、レッド・アメリカ政府軍とアメリカ軍、そして反政府ゲリラが入り乱れて撃ち合っている最中に、そっと近づいて殺戮《さつりく》を演じたのだ。彼らに殺された連中は、彼らと敵対していたわけじゃない……」

「かまわんさ……」と第二の男。「あの四人は軍隊と真正面から向き合う必要などないんだ。影のように目標に忍び寄り、テロを実行する」

「そう。二十世紀後半の紛争はすばらしい戦いの方法論をふたつ残してくれた。ゲリラ戦とテロリズムだ」

第三の男が言った。

「そうだな」

第一の男がうなずいた。「二十一世紀後半の現代でも、その方法論は充分に通用する」

「当然だ。ゲリラ戦は熟練の兵士をジャングルのなかでノイローゼに陥れてしまう。

無差別テロを未然に防止する手段は皆無だ」

「そう。そして、あの四人は、われわれが作り出した、最強のテロリストだ。実際、われわれゲンロク社の科学力に、二十一世紀の人類の科学力が勝てるはずがない」

三人はそれきり話すのをやめてしまった。

それぞれが別のことを考えているようだった。

しかし、三人は一様にモニターの画面を見つめていた。偵察衛星からの画像はコンピューター処理されて、すばらしく解像度がよかった。

画面のなかでは、URコマンドの連中が周囲を警戒しつつ、情報収集を行なっていた。

ウェーバー中佐の顔もなんとか見分けることができた。

中佐はむっつりとした表情で腕を組み、コマンドたちの動きを見つめていた。

ウェーバー中佐は、急に空を仰いだ。

彼の眼には、青い空が見えているだけだった。

ウェーバー中佐が衛星から監視されていることに気づくはずはない。空を見上げたのはまったくの偶然だったはずだ。

それでもモニターを見つめていた三人は、そのだしぬけの行動に、一瞬、息を呑《の》んだ。

ウェーバー中佐は、すぐに視線を地上に戻した。

「まさか、見られていることに気づいたのではあるまいな」

ひとりが、しのび笑いを洩《も》らしながら言った。

「かもしれんぞ。軍人の第六感はあなどれない」

「とはいっても、彼らは、あの四人の敵ではない」

2

中近東の戦火は、二十一世紀半ばの今日になっても消えようとしなかった。

ペルシャ人とアラブ人の戦い、ユダヤ人とアラブ人の戦い、アラブ穏健派とアラブ急進派との戦い――。

ヨーロッパとアジアの間の限られた一帯でそれらのありとあらゆる戦いが繰り広げられていた。

銃火器の基本的なメカニズムは百年ほどではそう変化はしない。

戦いはやはり銃弾を使用することが中心になっている。

ここ数十年で発達したのは、重火器よりも、むしろサブマシンガンやマシンピストルと呼ばれる小型でなおかつ殺傷力のある武器だった。

ゲリラやテロに適しているというのがその最大の理由だった。

ミサイルはたいへん重要な武器だが、本体のメカニズムは二十世紀とさほど変化はしていない。

問題なのは、ミサイルを制御するシステムだった。

かつて、イスラエル軍は、ベッカー高原に陣取るシリアのSAM（地対空ミサイル）部隊に対し、リモコン偵察機を使って電子能力を調査していた。それによって、シリアのSAMシステムは無力化されたのだった。

ミサイルを電子誘導するシステムは、当然妨害電波に弱い。しかし、その常識もナイキやホークの時代までしか通用しなかった。

一九八〇年代に登場したパトリオットは機動性を持ち、一度にいくつもの任務をこなせる三次元レーダーを使用していた。

対妨害電波機能もそなえている。ミサイルの新しい歴史はパトリオットから始まったと言っていい。

現代では、パトリオットの時代よりさらに、誘導システムは小型軽量化しており、目標分析速度も向上していた。

極端な言いかたをすれば、たったひとりのエンジニアがいれば、離れたところに置かれたポッドから発射される地対空ミサイルを次々と誘導できるのだ。

中東では、ミサイル配備と、強力な小火器による戦いの両面がエスカレートしていった。

戦闘にあけくれる土地でも、町は栄える。そこに人が住み、人が通過し、金品のやり取りがあれば、住民は不屈の生命力で市を開き、酒場を作り、男を楽しませる女の館を用意する。

イラクとの停戦から百年を経たイランの首都テヘランも、平和とはほど遠い状態にあった。

イランの国土は二十兆円もの金と、二十年もの歳月をかけて復興されたが、この土地では、今でもミサイルによる小競り合いが続いていた。

テヘランは見事に近代化されたが、ミサイルは非情にも新しいビルを打ち砕き、道路に巨大な穴をうがった。

そして、イスラムの教えは変わらなかった。イランの住民の大多数はペルシャ語を用いるインド・アーリア系のペルシャ人だ。

公用語はペルシャ語だ。

ペルシャ人はもともとゾロアスター教を信奉していたが、六五一年、アラブ人によってササン朝が滅ぼされてから、徐々にイスラム化してゆく。

現在の主流はイスラム教シーア派だ。そういった歴史の影響で、礼拝、断食などの実践や、豚肉の禁忌など戒律がきびしいが、ペルシャの文化を微妙に残しており、他のイスラム諸国に比べると飲酒の習慣もあり、女性もいくぶんか開放的だ。

長い間、イスラム教シーア派のヒズボラ（神の党）が国内の指導的立場に立っていたが、強力な指導者を欠いて、すでに形骸《けいがい》化していた。

代わって国民の信頼を勝ち得たのは、アブドル・カッシマーという名のイスラム急進主義者だった。

彼はきわめて煽動《せんどう》的な演説を得意としていた。

また、一見、民主的な政治形態を取っていたが、事実上軍部を掌握し、親衛隊のような集団を作り上げていた。

その親衛隊は「平和守護隊」と呼ばれていた。

アブドル・カッシマーという人物が問題なのは、世界中の主だった紛争地域のテロのネットワークを握っているという点だった。

その事実は一般の人々、特にイランの国民には知られていない。あらゆる証拠をうまく消し去っているためだった。

しかし、アメリカ合衆国の情報機関で、かつてのＣＩＡ、ＤＩＡなどが統合されて誕生したＴＩＡなどは、その事実をある程度つかんでいた。

ヨーロッパ共和国連邦情報部ＢＮＤ、ソ連のＫＧＢ、そして、イスラエルのモサドはもちろん、そのことを知っていた。

しかし、知っているのと立証するのはまったくの別問題であり、国際世論に訴えるだけの論拠は誰も持っていなかった。

アブドル・カッシマーは、すぐれた指導者であり、ある意味でアドルフ・ヒトラーに似ているとも言えた。

彼は巨額の富を持っていた。

カッシマーの過去を知る者はいないが、石油によって一躍富豪となった何世紀かまえの家柄のひとつに違いなかった。

そして、何よりテロは金になった。年々アブドル・カッシマーはその財産を増やしていると噂《うわさ》されていた。

さまざまな主義の人間、さまざまな国の非合法要員などがアブドル・カッシマーの暗殺をくわだてていた。明るみに出ただけでも十数回を数えた。

しかし、誰も彼に近づくことはできなかった。

彼は首相官邸などの公共の地に出向くことは滅多になかった。

アブドル・カッシマーはテヘラン南郊のレイ地区に、要塞《ようさい》のような私邸を築き、ほとんどはそこで暮らしていた。

彼は、その私邸をアラブとペルシャの民族的な特徴でうまく飾り立てた。多くのイラン人の好感を得るためだ。

また、私邸をテヘランの北郊ではなく南側に建てたことにも意味があった。北郊は今や、近代的――つまりは西欧的な住宅街となっているが、南側は先史遺跡やレザー・シャーの廟墓《びょうぼ》がある民族色の濃い土地なのだ。

アブドル・カッシマーは、イラン人たちの民族主義的なプライドをくすぐることを忘れなかった。

その邸宅は文字通り「カッシマーの城」と呼ばれており、近代的な電子的監視システムが完備されている。

そして、精鋭の「平和守護隊」が常駐しているのだった。

その「カッシマーの城」に近づく車があった。たいへんスマートな形をしている。ヨーロッパ共和国連邦の中核的企業メルセデス・ベンツ社の比較的新しい型だ。まだ内燃機関を使っているが、典型的な省エネルギー、低公害型エンジンを積んでいる。

四輪駆動で砂地のなかの一本道を登ってくる。

「カッシマーの城」の城壁上にある監視塔に置かれた全方位テレビカメラが、その車の姿をとらえた。

集中管理室でモニターを見ていた「平和守護隊」の兵士は、検問所にすぐさまシグナルを発した。未登録の車に対して取られる通常の措置だった。

検問所のゲートは閉じていた。

道路脇の建て物のなかから、たちまち三名の兵士が現れた。兵士たちは、アメリカ製アサルト・ライフルM116A2と、M116シリーズで、九ミリのピストル弾を使用するサブマシンガン、コルト九ミリSMGマークⅢをかかえていた。

M116は、ベトナム戦争で活躍した伝統的名銃M16の血統を持つライフルで、五・五六ミリ高速弾を使用する。際立った特徴は、プラスチックを使って軽量化されたことと、ライフルの銃身の下に、もうひとつの銃身があることだった。

もうひとつの銃身は六連発のグレネード・ランチャーだった。

かつてM16A1およびA2には、グレネード・ランチャーM203が取り付けられるようになっていた。

M116はその両方を一体化し、さらに、操作性と大幅な軽量化を実現させた銃だった。

三人の兵士は「平和守護隊」の制服を着ている。肩章のついたカーキ色の長袖《そで》の制服だ。編み上げの軽量ブーツをはいている。

ナイロンの五十倍の強度を持ち、耐水性と通気性を合わせ持つ新素材で作られたブーツだ。

兵士のひとりがバーを降ろしたゲートのまえに立ち、メルセデスに止まるよう合図を送ってきた。

四輪駆動のメルセデスは最近の車独特の排気ブースターの軽やかな音を立てて近づいた。

ガラスはコーティングしてあってなかは見えなかった。

ゲートに降ろされたバーの直前でメルセデスは止まった。

兵士は、バーのまえから脇へよけなければならなかった。彼はそのことで気分を害したようだった。

「窓を開けるんだ」

兵士は運転席のブロンズガラスをノックして言った。

小さなモーターの音がして、ガラスが下がり始めた。

窓のなかから、無表情な青い眼が兵士を見返していた。たくましい体格をしている。髪は銀に近いブロンドだった。

白い綿の半袖シャツに、同色のゆったりとしたパンツをはいている。

助手席には、女が乗っていた。

兵士は思わず息を呑んだ。それほどの美女だった。

眼はエメラルドグリーンで、透きとおるような、白い肌理《きめ》の細かい肌をしている。髪は漆黒で、長くくせがなかった。

兵士はさらに後部座席をのぞき込んだ。

サングラスをかけた男が腕を組んでいた。色のたいへん濃いサングラスで男の眼はすっぽりとおおいかくされていた。眼鏡というより、ゴーグルに近いサングラスだった。

その男は運転席の男より、さらに体格がよく、肩幅が広かった。黒い髪をオールバックになでつけている。

もうひとりは、神秘的な眼をした東洋人だった。

体はそれほど大きくなく、物静かな印象を与えた。

彼らはみな半袖の軽装で、武器を帯びているようには見えなかった。

しかし、窓をのぞき込んでいた兵士は、なぜか墓のなかをのぞいているような気分になった。

「ここから先へは、許可証のない者は通れない」

平和守護隊員はM116A2を、さりげなく腰だめにし、いつでも撃てるようにして言った。

運転席の男が無言で見つめ返していた。

兵士は怒りをその眼に浮かべた。

彼はM116A2を構えて銃口をぴたりと運転席の男に向けた。

「耳が不自由なのか？　それとも言葉がわからないのか？」

兵士はペルシャ語を使っていた。

「そのどちらでもないな」

運転席の男は見事なペルシャ語で言った。

「おまえたちが許可証を持っていないのはわかっている。その車はこちらに登録されていない」

「ほう……。なぜわかる？」

「すでにカッシマー師の私邸のテレビカメラがこの車をとらえている。コンピューターで照合済みだ」

「車などいつでも買い替えられる」

「そう。だが、そのたびに、ここを通る必要がある車はすべてことごとく登録されることになっている」

「任務に忠実なのはいいが……」

青い眼の男はかすかに笑ったように見えた。「そのために、命を縮めることもある」

イランの平和守護隊員は、軍隊のなかのエリートだ。彼はひどくばかにされたような気がした。

「車から降りろ。今、すぐにだ！」

彼は銃を振り、声を荒くして命じた。

青い眼の男は、今度ははっきりと笑顔を浮かべた。

「アラーのために祈れ」

青い眼の男が、右手の指をそろえて伸ばし、平和守護隊員の喉《のど》に向けた。

たちまちその喉にぽつんと小さな穴があいた。血はまったく出なかった。

青い眼の男の指から高出力レーザー光線が発射されているのだ。レーザー光線は、兵士の組織を焼きながら穴をうがち、首のうしろから抜けた。

兵士は何が起きたかわからぬうちに死んだ。

そのとたんに四つのドアが開いた。四人がいっせいに飛び出した。

二名の兵士はコルトSMGマークⅢとM116A2をすぐにフルオートで撃ち始めた。

四人は地面に身を投げ出した。

サングラスの男の手から白煙が上がり何かが飛び出した。それは弧を描いてコルトSMGマークⅢを撃つ兵士の腹めがけて飛んでいった。

サングラスの男の薬指がなかった。それは超小型のミサイルだった。彼は自分の指を発射し、誘導して兵士の腹に撃ち込んだのだった。

兵士は超小型のミサイルを受けたショックで後方へ大きく投げ出された。

サングラスの男は奥歯の陰に埋め込まれたスイッチを舌で押した。

とたんにミサイルが兵士の腹のなかで爆発した。

Ｍ１１６Ａ２を持った兵士は仲間の血しぶきと肉片を浴びて、精神的ショック状態に陥っていた。

彼はライフルをフルオートで撃ち続け、たちまち、弾倉を空にしてしまった。それでもトリガーを引き続けている。

東洋人が滑るような足取りで兵士に近づいた。兵士は鍛え抜かれていることを証明した。我を失っているにもかかわらず、銃を捨てて反射的にコンバットナイフを抜いたのだ。

東洋人は、素晴らしい速さでローキックを兵士に見舞った。

兵士はすさまじい衝撃に悲鳴を上げた。金属の角棒で殴られたように感じたのだった。彼は立っていられず、膝《ひざ》をついた。

東洋人は、低くなった兵士の頭めがけて、左の回し蹴《け》りを放つ。兵士はナイフをかざして、その足を防ごうとした。

ナイフを持つ右手を前に、左手を後方にし、交差させるようにしていた。

ナイフの刃がちょうど東洋人のすねに突き刺さる角度だった。

鋭い音がしてナイフが弾《はじ》け飛んだ。東洋人のすねは、ブロックしている兵士の左右の前腕をへし折り、頭に叩き込まれた。

兵士の頭はスイカのようにぐしゃりとひしゃげた。どんなに鍛えた人間のキックでも、頭蓋骨をこれほどひどいありさまにできるものではない。

ナイフの刃が東洋人のズボンの左すねのあたりを裂いていた。そこからのぞいていたのは人間の皮膚ではなかった。彼のすねは、セラミックの鈍器そのものだった。膝から足首にかけて、白いつややかなセラミック製になっており、とがった峰が続いている。

膝もセラミック製で、ちょうど膝蓋骨《しつがい》の部分が、コニーデ型火山のようにかすかな突起状になっている。

サングラスの男が検問所の小屋のなかに足を踏み入れた。

とたんにフルオートの銃声がした。

サングラスの男は、すばらしい反射神経でさっと体を横にかわした。しかし、左の上腕を撃ち抜かれていた。

彼は小屋のなかにひそんでいた兵士に向かって立てた右膝を向けた。

右膝から火が噴き出した。そこからフルオートで九ミリ弾が発射された。兵士はたちまち穴だらけにされ、血まみれで倒れた。

撃たれた腕から血は流れていない。代わりに、白濁したオイル状のものが流れ出していた。

サングラスの男のズボンの膝はずたずたになり焦げていた。彼の大腿部《だいたい》には、サブマシンガンが内蔵されているのだった。

彼は顔をしかめた。

「こいつを使うと、必ず脚と腰が痛む。衝撃が強すぎるし、熱とガスがうまく抜けないせいだ」

青い眼の男が近づき言った。

「だが、たいした威力だ。贅沢《ぜいたく》を言ってはいけない」

サングラスの男は青い眼の男の言葉を無視して、小屋のなかを見回していた。

彼はつぶやくように言った。

「何ということはない。二世紀も前の電気的な通信装置だけだ。照合用のコンピューター端末すらない」

「では先へ進むとしよう」

緑の眼を持つ美しい女性が小屋のなかに入ってきた。

彼女は、ふたりの男の前に歩み出ると、両手を肩の上にかかげた。

その両手から稲妻が走るように放電した。

電話やさまざまなシグナルを送って来るランプなどがいっぺんに火を噴き焼き切れた。

サングラスの男は、くるりと背を向けた。

青い眼の男が口をゆがめて笑った。

「いつものことだが、情熱的だな」

三人は小屋を出た。

東洋人が肘《ひじ》を打ち降ろして、直径が十センチはある木材のバーを叩き折っていた。

四人はメルセデスに乗り込み、「カッシマーの城」を目指して丘を登り始めた。

3

「カッシマーの城」の表側では、サイレンが鳴り、廊下の赤ランプが点滅していた。

平和守護隊が、M116A2やコルト9ミリSMGマークⅢ、M116カービンを胸に引きつけて、廊下を駆け足で行き来していた。

城壁のようにそびえ立つ、入口付近の最前部の屋上には、ストーナー20－83A中型マシンガンが三脚の上にすえられていた。

ベルト式給弾のマシンガンは、かつては、給弾係の兵士が射手のほかに一名ついて、ベルト式マガジンを送り込んでやるのが通例となっていたが、このストーナー20－83Aはその点が大幅に改良され、どんな量のベルト式マガジンでもほとんどフィーディング・トラブルなしに射手ひとりで撃ち続けられた。

中型マシンガンに加えて、ロケット・ランチャーが砲列に並んだ。今も昔も変わらぬ強力な武器で、かつては戦車の装甲をぶち抜くために使われたものだ。

けたたましいサイレンの音や、兵士たちの駆け足の音も、中庭を隔てた奥の院にあるカッシマーの部屋には、かすかに物音としてしか響いてこなかった。

部屋といってもそこは、テニスコートが楽に取れる広さがあり、豪華なペルシャ絨毯《じゅうたん》が敷きつめられている。それだけでもたいへんな財産であることは間違いなかった。

大きな両袖の机は上質のマホガニーでできており、天材は大理石を磨いたものだった。

その立派な机の上に置いてあるインターホンの赤いランプが点滅した。緊急を示すランプだった。

このランプはめったに光ることはない。

アブドル・カッシマーは、すでに、表側の騒がしさに気づいていた。

ランプが点滅すると、すぐにインターホンのトークボタンを押して言った。

「何ごとだ、ヤキム？」

すぐにこたえがあった。

「侵入者です、閣下」

平和守護隊の中隊長、ハル・ヤキム少佐が言った。

「小型のメルセデスが城に近づきつつあります。メルセデスに乗っているのは四人。われわれに敵意を持っているのは明らかです。検問所の兵士が彼らに殺されました」

「愚か者めが……」

アブドル・カッシマーは、つぶやいてからトークボタンを押した。「だからといって、あわてることはあるまい。そうだろう、ヤキム少佐」

「おおせのとおりです、閣下。われわれは彼らがこの城に一歩たりとも足を踏み入れることを決して許しはしません。メルセデスが近づけるのは、せいぜい、この城から五十メートルの地点までです」

「信頼している」

「はい。アラーの神にかけて」

信頼だと？　悪い冗談だ。しかもアラーだ！　アブドル・カッシマーは思った。悪いが、私が信じているのは、アフラマツダなのだ。そして、今は、そのアフラマツダさえ信じる気にはなれない。

実は、彼はゾロアスター教徒だった。彼はイラン人のなかでは少数民族であるクルド人だった。

アブドル・カッシマーはイスラム教シーア派を利用しているに過ぎないのだった。

彼は机の右側、最下段の引き出しからサブマシンガンを取り出した。マシンピストルと呼んだほうがしっくりする軽量小型の銃だったが、九ミリ弾を毎分六百発連射する威力を持っている。

かつてのウジーやスコーピオン、H&Kを席巻して、世界の戦場に広がりつつある新しいメーカーの銃だった。

G83と呼ばれるマシンピストルで、部品数が少なく故障がたいへん少ない。最もすぐれている点は、接合部分がしっかりしていることと、部品の精度が高いことだった。

その上、G83には発射の際にガスを上方に向けて逃がし、銃身が跳ね上がるのを抑える工夫がしてあった。

製品が安定しているのは、Gナンバーの銃が、月面の真空工場で作られているからだと言われていた。Gマークはゲンロクの頭文字だった。

アブドル・カッシマーは、G83のトリガーガードのまえに、二十五発弾倉を下から叩き込み、スライドを引いてコッキングした。

スライドの可動範囲は通常のサブマシンガンの半分ほどで、そういう点でも命中精度を上げることに成功していた。

カッシマーは、その銃を膝の上に置いて、仕事の続きを始めた。

正面の引き出しを引くと、そこにはコンピューターのキーボードが並んでいた。

カッシマーがキーボードを慣れた手つきで叩くと、机の上にある地形が立体的に浮かび上がった。ホログラフィーだった。

実際の高精密度航空写真をもとにしているので、地図など問題にならないほどさまざまなことがわかる。

それは、イラン南部——ホラムシャハルの街のあたりだった。

ホラムシャハルは、イラクとの国境の港町だ。

何世紀にもわたって戦いの犠牲となってきた町——いつになっても戦争の傷あとが消えぬ町だった。

　ホラムシャハルは「肥沃《ひよく》な町」を意味するが、長い間、この町はフニンシャハル――「血の町」と呼ばれ続けてきた。

　この町を救わぬ限りイランを救ったことにはならない――アブドル・カッシマーはそう考えていた。

　そして、イランを本当に救ったとき、彼の地位はより確固たるものになり、テロ・ネットワークのフィクサーのまたとない隠れ蓑《みの》が完成するのだった。


　メルセデスは実に無防備に近づいていくように見えた。

「カッシマーの城」の敷地内に侵入した者は警告なしで射殺していいことになっていた。

　まず射程の長いロケット砲が発射された。アメリカのM20A2をモデルにコピーされ、中国で大量に作られたものだった。

　今や中国製の武器をばかにする者は世界中でひとりもいない。

　二十一世紀の今日、中国は武器に関してはたいへんな先進国となっているのだ。

　このランチャーも、ただのロケット砲ではない。いわば、ミサイルとロケット砲の中間的な武器だ。ロケット弾に、たいへん粗末ではあるが熱線追尾機能が組み込まれているのだ。

独特の弧を描く弾道でロケット砲の弾頭は飛んだ。

熱線追尾機能のため、ややカーブした。メルセデスは直撃されそうになる。

だが、メルセデスは実に巧みにかわした。見事なハンドリングと急加速で、弾頭の着弾点を逃がれていた。

すかさず、別のランチャーから二弾目が発射されたが、それもぎりぎりでかわされた。

地面で爆発したふたつのロケット弾はすさまじい音をたて土砂を高々と舞い上がらせた。

あとには大きな穴があいた。

「くそっ」

ロケット・ランチャーを持った兵士のひとりが怒鳴った。「あいつら、とんでもないコンピューターを持っていやがるぞ。こっちの弾道を瞬時に計算してやがる」

そのときには第三弾が放たれ、マシンガンの一斉射撃も始まっていた。

七・六二ミリ弾の弾幕が張られる。

メルセデスは、それでも走り続けた。

「特殊装甲だ」

兵士の誰かが怒鳴った。「ＶＩＰの車と同じだぞ」

「どうってことない」

別の兵士が怒鳴り返した。「ロケット弾が一発命中すりゃそれまでだ」

メルセデスは蛇行していた。確かに防弾装甲になっていたが、七・六二ミリ弾を雨あられと食らっていては、防弾ガラスだって持ちはしない。

跳弾が下から飛び込んで、ブレーキオイルのパイプなどを貫かないとも限らない。

そして、やはりロケット弾の直撃は避けねばならないのだ。

メルセデスの周囲は、マシンガンの着弾によって砂埃《すなぼこり》が舞い上がっていった。車がだんだんと霞《かす》んでいく。

それでも兵士たちは撃つのをやめなかった。

そして、その車の影に向かって、ロケット弾が飛んで行った。

メルセデスの土煙のなかの影と、ロケット弾頭の炸裂《さくれつ》が重なって見えた。

爆発がおさまり、土と砂が地上に降りそそぐ。確かにメルセデスは停止していた。

マシンガンの一斉射撃は止んでいた。

土煙がしだいに薄れていく。

「やったぞ……」

ロケット・ランチャーを持った兵士がつぶやいた。

デジタル無線のトランシーバーを、バッジのように襟に付けている将校が、地上に待機していた兵士たちに、そのトランシーバーで命じた。実際、トランシーバーは、バッジほどの大きさしかなかった。

「敵の生死を確認しろ。油断するな」

地上にいた兵士のひとりが、電子ロックのスリットにカードをすべり込ませ、すぐに抜いた。小さな赤いパイロットランプが緑に変わる。

巨大な、アラビアの古い寺院を思わせる正面の頑丈な門が、ゆっくり左右に開き始めた。門は自動的にモーターでスライドしているのだ。

五名の平和守護隊員が自動小銃やサブマシンガンを構え、用心深くメルセデスに近づいていった。

ヤキム少佐がアブドル・カッシマーに約束したとおり、そこは正門からちょうど五十メートルほどのところだった。

城の最前部の屋上では、マシンガンの銃列が、援護のために待機していた。全員がメルセデスを見つめていた。

五名の平和守護隊員は、遠巻きにメルセデスを取り囲み、銃を向けてじりじりと近づいていった。

突然、そのひとりの首が、ころりと落ちて地面に転がった。できの悪いマネキン人形の首が落ちたように見えた。

奇妙なのは血が出なかったせいかもしれない。とにかくひどく質《たち》の悪いいたずらにしか見えなかった。

その兵士は首のないまま二歩、歩いてからけいれんを始めた。そのけいれんはすぐに止んだ。

そのときになって、初めて近くにいた平和守護隊は悲鳴を上げた。

屋上にいた兵士たちの心にも、おぞましいパニックが広がりつつあった。

次に起こったことは、本当にたった一瞬ですべてが終わった。

残る四人のうち、ひとりは喉からうなじへきれいな穴をあけられ、ふたりは腹から胸にかけて、サブマシンガンの銃弾を浴び、残るひとりは、高圧線に触れたように黒焦げになって死んだ。

メルセデスは、急発進した。

マシンガンが鳴り響き始めたときには、すでに、メルセデスは、門に近づき、屋上から死角に入りかけていた。

メルセデスは開いたままだった門をくぐった。

ヤキム少佐は約束を守ることができなかったのだ。

屋上にいたマシンガン兵と、ロケット・ランチャー射手は、あわてて反対側へ移動した。しかし、三脚の銃座を持つストーナーを移動させるのは時間がかかり過ぎた。

地上にいる兵士は自動小銃とサブマシンガンを撃ちまくったが、小火器ではメルセデスの防弾装甲をどうすることもできなかった。

また、邸宅最前部屋上にいたロケット・ランチャー担当兵も打ち手を封じられた。邸宅の内部に向けてロケット弾を撃ち込むわけにはいかないからだった。

メルセデスは二番目の建物の脇をすり抜け、中庭に入った。そこで一斉射撃を再び浴びることになった。

突然、メルセデスは煙を噴き出し始めた。たちまち車体は煙につつまれた。煙幕だった。

兵士たちは目標を見失った。

次の瞬間、すさまじい音が響きわたった。

メルセデスが奥の院の壁に激突したのだった。

煙幕が晴れるまで平和守護隊の兵士たちは待たねばならなかった。

さすがのメルセデスも、堅牢な石の壁にぶつかり、エンジンルームがひしゃげてしまっていた。

兵士たちは、しばらく見守っていたが、やがて、敵を確認するために、そろそろと近づき始めた。

十名ほどの兵士がメルセデスを囲んだ。そのとたん、メルセデスは大爆発を起こした。爆弾が仕掛けられていたのだ。

付近にいた兵士はことごとく死傷した。


アブドル・カッシマーは騒ぎがひどく近くまで来ているのに気づいた。

ホログラフィーから目を上げ、インターホンのトークボタンに手を伸ばした。

「ヤキム。やけに騒々しいじゃないか？」

返事がなかった。

「どうした、ヤキム？」

やはり何も言ってこない。

アブドル・カッシマーはホログラフィーのディスプレイを消し、膝の上に置いてあったG83マシンピストルのグリップを右手で握った。

出入口の両開きの大きなドアがゆっくりと開き始めた。

このドアはカッシマーが許可をしない限り何があっても開かないことになっていた。

ドアが開き始めたとたん、異様なにおいがした。カッシマーには、何のにおいかすぐにわかった。

人間が死の瞬間にたれ流す糞尿《ふんにょう》のにおい、硝煙のにおい、人肉が焼けるにおい、そして血のにおい——間違いなくそれは、戦場のにおいだった。

アブドル・カッシマーは、机の下でマシンピストルを構えていた。

九ミリパラベラム弾は机のウォールナットをたやすく突き破って、侵入者たちをずたずたにしてくれるはずだった。

ドアが開ききると、煙が漂い込んできた。発砲による硝煙と、どこかが燃えているための煙が混じり合っていた。

その煙のなかに、四つの影が浮かんだ。

カッシマーは、迷わずにトリガーを引いた。九ミリのピストル弾がフルオートで発射され、机の背板を貫いて、一番背の低い男に襲いかかった。

銃弾がひどく硬いものに当たり弾かれる音が連続して聞こえた。

明らかに女性のシルエットを持つ人物が指を鳴らした。

そのとたんに、彼女の指先から電光が走り、G83マシンピストルに向かって放電した。

てのひらのなかで、ばちんという音がし、激しいショックを感じた。カッシマーは思わずG83マシンピストルを放り出していた。てのひらが焦げていた。

「きさまら、何者だ?」

アブドル・カッシマーは左手で右の手首を握りしめ、苦痛のうめきを洩らしながら言った。

四つの影が近づいてきた。

今や彼らは光のなかにその姿をさらしていた。民間人の服装をしている。しかもきわめて軽装だ。

アブドル・カッシマーは、しかし、彼らの顔を見たとき、恐怖にも似た驚きの表情を浮かべた。

その顔はみるみる蒼《あお》ざめていった。まさに亡霊を見たときの顔だった。

「久しぶりだな、ベラヤチ」

青い眼にブロンドの男が言った。

彼は、アブドル・カッシマーの本名を呼んだ。

「どうした？　感動のあまり声も出ないのか？」

青い眼の男はほほえみを浮かべた。

アブドル・カッシマーは、四人を順に見つめ、目を大きく見開いたまま、うわごとのように言った。

「アラン・メイソン……。トニー・ルッソ……。ホーリイ・ワン……、それにジョナ・リー……。しかし……、まさか……」

「ほう……」

青い眼の男は笑みを浮かべたまま言った。

「あんたのような大物に、名前を覚えていてもらったなんて、嬉《うれ》しいじゃないか」

「しかし……。そんなはずは……」

アブドル・カッシマーは、小さくかぶりを振りながらつぶやいた。

「生きているはずはない、と言いたいのか？」

青い眼の男は、仲間たちの顔を一度眺めてから言った。「だがこうして生きている。事実、あんたは今、サブマシンガンでホーリイ・ワンを撃った。だが、彼はぴんぴんしている」

アブドル・カッシマーはその事実を認めなければならなかった。

そして、彼らが生きているということは、自分の命がきわめて危険だということを意味していると思った。

カッシマーは、青い眼、ブロンドの男に向かって言った。

「何が望みだ、アラン・メイソン？　金なら欲しいだけくれてやる」

「金か？　それもいい」

アラン・メイソンの青い眼から笑いが消えた。怒りがとって代わった。「だが、俺たちには新しいスポンサーができた。そのスポンサーから依頼が来たんだ。俺たちは、その依頼をよろこんで引き受けた。当然だろう。金がもらえたうえに、復讐《ふくしゅう》が果たせるのだからな」

「復讐？　待て。おまえたちはこうして生きのびたじゃないか。あのときは手違いだったんだ」

「手違いではない。あんたはわれわれの脱出用のヘリを用意していなかった。見殺しにしたんだ」

「待て、それは誤解だ……」

緑の眼でじっとアブドル・カッシマーを見つめながら、長い髪をかき上げ、ジョナ・リーが近づいていった。

カッシマーは、ほんの一瞬だが恐怖を忘れ、その美しさに見入った。

「よせ、ジョナ。何のまねだ……」

カッシマーは再び危機を思い出し、悲鳴に近い声を上げた。

助けが来ないのは明らかだった。味方は全滅したのだ。でなければ、この四人が開きっぱなしのドアに背を向けているはずはない。カッシマーはそのことを悟った。

ジョナ・リーはほほえみ、カッシマーの頬を両手でそっとはさんだ。

カッシマーは恐怖に目を見開いている。

ジョナ・リーは静かに腰をかがめ、カッシマーに顔を近づけた。彼女はキスをした。

アブドル・カッシマーは、彼女の舌を感じ、倒錯的な快感を覚えた。危機に追い込まれたとき男はしばしば射精する。あの感覚だった。

そのとたん、彼の意識は弾け飛んだ。

彼女の両手から高圧電流が発せられ、瞬時のうちに感電死したのだった。

「死のくちづけか……」

アラン・メイソンは言った。「あっけなさすぎる」

彼は五本の指をそろえて右手を振り降ろした。超高出力のレーザーメスが、カッシマーの死体の両腕を肩からすっぱりと切り落とした。

サングラスの男は残っていた指のミサイルを胸のまんなかに撃ち込んだ。爆発はさせなかった。カッシマーの死を第三者に確認させる必要があるからだ。ばらばらにしてしまっては意味がない。

東洋人は、くるりと背を向けた。

「どうした？」

メイソンは東洋人に訊《き》いた。「気を晴らしていけばいいものを」

「俺の先祖は、死者を辱《はずかし》めたりはしなかった。目的は達せられた。それで充分だ」

彼はドアに向かって歩き始めた。

サングラスの男が続いた。

アラン・メイソンは肩をすぼめ、先に行くようにとジョナ・リーに顎《あご》で合図した。

最後に、アブドル・カッシマーの顔を感慨深げに見やると、メイソンは部屋をあとにした。

4

シド・アキヤマは、突如テヘランの町が混乱に陥るのを、複雑な思いで眺めていた。国民の精神的指導者であるアブドル・カッシマーの死が報じられたのだ。突然歩道にひれ伏してアラーに祈り始める者もいた。軍の車両が市内を駆け巡っている。アブドル・カッシマーの死に触発された新興勢力の動きをいち早く封じるためだった。

商店はシャッターを降ろし始め、人々は家路を急いだ。何世紀もの間、形をほとんど変えず営まれているバザールでも、次々と店をたたむ姿が見られた。

アキヤマは近代的なビルが並ぶエングラーブ通りをそれ、細い通りを歩き続けた。都市の近代化は、必ずある部分を取り残す形で進められるし、また成熟を超えた都市は腐敗した部分を作り出し始める。

テヘランも例外ではなかった。ビルとビルの谷間にスラムが生まれつつあった。

失業者、貧民、犯罪者そして不法入国した外国人の街だった。

ビルの陰で昼でも薄暗かったが、幸いにして湿気がほとんどないので、ひどい伝染病などは発生しなかった。

そして、ここは麻薬と酒と女の街でもあった。テヘランにも、この時代にはコーランより人間本来の欲望を信ずる者が多くなっていた。

シド・アキヤマは確かに危険ではあるが人間くさいこの一帯へやってきて、落ち着いた気がした。

石畳の路地に、建物を背にして力なくすわっている老人がアキヤマに語りかけた。

「悪いな」

シド・アキヤマは片言で返事をした。「ペルシャ語はよくわからないんだ」

驚いたことに老人は見事な英語に切り替えた。

「街が騒がしい。何があった?」

「アブドル・カッシマーが死んだ。殺されたということだ」

老人の表情に変化はなかった。

シド・アキヤマは歩き出そうとした。

「それであんたは職を失ったわけか?」

老人が言った。

アキヤマは立ち止まった。彼は老人に背を向けていたが、決して油断はしていなかった。

老人はつまらなそうに鼻で笑った。

「そして、俺はようやく職にありつけそうだってわけだ」

シド・アキヤマはゆっくりと振り返った。

老人はあいかわらず全身の力を抜き、路地に腰を降ろしている。

シド・アキヤマは周囲を見回した。近くに人の気配はなかった。

「それはどういう意味だ？」

老人はアキヤマのほうを見て笑った。

「そこの酒場で一杯飲みながらゆっくり話すというのは、どうだ、シド・アキヤマ」

アキヤマは自分の名を呼ばれて、少々面倒なことが起きそうだと思った。

「昼間から酒を飲もうというのか？　イラン人がか？」

「いけない理由はない。俺はイスラム教徒ではない」

シド・アキヤマは鋭い眼で老人を見つめていた。老人の素性を見透かそうとしているようだった。

老人はゆっくりと立ち上がった。

「あんたにとって損はない話だと思うが？　俺にビールを一杯おごるだけでいいんだ」

アキヤマは動かなかった。

「ほらほら、そういう顔で人を見るもんじゃないよ、アキヤマ。あんたはすぐれた戦士だが欠点がある。余裕がなさすぎることだ。ジャック・コーガ・バリーにそう言われたことはなかったかね？」

自分の名前だけではなく、ジャック・コーガ・バリーという名を出されて、シド・アキヤマは老人に興味を持った。

ジャック・バリーというのはシド・アキヤマの同業者だ。つまり、プロフェッショナルのテロリストなのだ。

「いいだろう」

アキヤマは言った。「だが、あの店であんたと話をするのはまずい。アブドル・カツシマーのところの連絡役《つなぎ》が来ているはずなんだ」

「それなら心配はいらない」

老人は自信たっぷりに言った。

わった」

「その連絡役は、この俺がやるはずだった。ついさっきまでな。だが、今は事情が変わった」

「なぜだか訊いていいか?」

老人が先に立って歩き始めた。

シド・アキヤマは黙ってそのあとについて行った。

店のなかはひどい暑さだった。

カウンターのなかには、とてもバーテンダーとは呼べない、よれよれの服装をしたやせた中年男がぼんやりと腰かけていた。

シド・アキヤマと老人が入って行くと、そのバーテンダーの眼はたちまち鋭く光った。

テーブルにひとり酔いつぶれた客がいた。店のなかの人間はシド・アキヤマを除いて、みなやせ細っていた。

しかし、一種独特のエネルギーを感じさせた。人間の本能がもたらす悪の華のエネルギーだ。

シド・アキヤマはそれほど体の大きいほうではない。西欧にあってはむしろ小柄と言えるだろう。

身長は一七五センチ、体重は七〇キロ。見事に引き締まった体格をしている。スポーツで鍛えた体つきではない。全身の筋肉がバランスよく発達しており、その上にうすい脂肪の層がついている。極限状態を耐え抜く戦士の体格なのだ。

シド・アキヤマはビールを一杯と、ミネラルウォーターを注文した。

「飲まんのか？」

老人が尋ねた。

シド・アキヤマは小さく肩をすぼめた。見かけは完全な東洋人だが、そのしぐさは西欧人のものだった。

彼はアルコールによって、わずかであれ瞬発力や反射神経が鈍るのをおそれたのだ。たった一瞬で生か死かが決まる——彼は何度もそういう場面を切り抜けてきたのだった。

老人はそれ以上追及しようとせずビールをうまそうにひと口飲んだ。

シド・アキヤマが老人に言った。

「この店は、話をしてもだいじょうぶなのか？」

老人はバーテンダーを上目づかいに一瞥《いちべつ》してから言った。

「心配ない」

「俺にとって損のない話と言ったな？」

「そう。アブドル・カッシマーは、あんたのよきスポンサーだった。あんたはカッシマーのおかげでずいぶんと稼いだはずだ。しかし、今やそうはいかなくなった」

「要点を言ってくれ」

「スカウトだよ」

「なるほど……。あんたはカッシマーとの連絡役をやりながら、別のスポンサーとも通じていたというわけだ……」

「珍しいことじゃない。そうだろう」

老人はほんの少しビールを飲んだ。「どうだね。話を聞く気はあるかね？」

シド・アキヤマはしばらく無言で考えていた。

やがて彼は言った。

「そのつもりでここへ来たんだが……？」

老人はうなずいた。

「わしといっしょに、日本へ行ってもらいたい」

「新しいスポンサーは日本にいるというわけか？」

「そう。ＵＲの情報部ＢＮＤも、アメリカの統合情報局ＴＩＡもインターポールも手が出せない相手だ」

「日本か……」

「あんたの故郷だろう？」

　シド・アキヤマは首を横に振った。

「俺は日系人だが、日本で生まれたわけではない。日本で過ごしたこともほとんどない」

　老人は頬をゆがめて笑った。

「そうか……。そうだったな。シド・アキヤマは国籍不明の日系人で通っているんだったな。まあ、そんなことはどうでもいい。問題は、あんたが日本に行く気があるかどうかということだ」

「危ない橋は渡れないな。それが罠でないとどうして言える？」

「俺は純粋に商売の話をしている。罠かどうかは自分で判断することだな。俺が何を言っても無駄だろう」

　シド・アキヤマは、また考え込んだ。

　相手のフィールドにのこのこと足を運ぶのは愚かだ。

しかし、有力なスポンサーを失い、当面、新しいルート作りに苦慮しなければならないことも事実だ。

この老人の言うことが本当ならば渡りに舟なのだ。

「いや……」

シド・アキヤマは言った。「俺があんたについて日本に行くというのはやはりあまりに危険すぎる」

「いい話なんだ。たった四人を片づけるだけでいい。報酬はおそらく、あんたの言い値だ」

「うまい話ほど気をつけないとな……。そんな話に乗るやつはいない」

「この話は例外だ」

「交渉は決裂だ」

シド・アキヤマはカウンターを離れようとした。

老人が言った。

「いい腕のハンターが必要なんだ。あんたのような現役ばりばりで、しかも経験が豊富な人材だ」

「ほかをあたるんだな。あんた、バリーを知っていると言っただろう」

シド・アキヤマは出口に向かおうとした。

「待つんだ、アキヤマ」

老人の声が変化した。毅然《きぜん》とした口調で彼は言った。「君は選ばれたんだ。選んだのはわれわれで、君に選択の権利はない」

アキヤマは老人を見つめた。

老人は右手に銃を持っていた。

まさに二十一世紀型の銃だった。ヨーロッパ共和国連邦ベルギー地区のFN社が一九九〇年代に実用化したピストルとアサルト・ライフルの中間的な銃だった。

それまでのピストルの概念とはかけはなれていて、小型のビデオカメラのように見えた。

だが、シド・アキヤマはその銃の威力を知っているために動けなくなった。

ピストルほどの大きさしかないが、フルオートで撃て、しかもその五・七ミリ×二十八弾丸は、九ミリ×十九弾の三倍のストッピング・パワーがあるのだ。

高価な銃で、下っ端の連絡役《つなぎ》が持てるようなものではなかった。

シド・アキヤマは同時に、バーテンダーとテーブル席の酔漢がぴたりと自分に、同じ銃を向けるのを見た。

彼の腰には軽量二十連発のオーストリア地区製グロック20ハイパワーが収まっていたが、それを抜く動きを止めなければならなかった。

相手は明らかに銃の扱いに慣れていた。

ひとりなら何とかなるかもしれないが、三人を同時に相手にするのは無理だ。

シド・アキヤマは、ゆっくりと右手を腰から体の脇へ戻した。老人から両手が見えるようにした。

彼は老人に言った。

「アブドル・カッシマーの使いだったというのは嘘だな」

「そう。彼はもうここへは来ない。私が金をやって追い払った」

「何のために？」

「もちろん、あんたに会うためにだ、シド・アキヤマ」

「それで？　目的は何だ？　賞金稼ぎには見えんが？」

「光栄だね……。目的はあんたのスカウトだ。嘘ではない」

「やりかたが強引だ。気に入らない」

「だが従ってもらわねばならない」

老人はテーブル席に酔いつぶれていた男に合図した。男はシド・アキヤマにＦＮコマンダーの銃口をぴたりと向けたまま近づき、ヒップホルスターから、グロック20ハイパワーを抜き取った。

アキヤマはその男が酔ってなどいないことに気づいた。酒は一口も飲んでいないに違いなかった。

老人が言った。

「いっしょに日本へ飛んでもらう。すぐに、だ。面倒事は起こさんでくれ。何度も言うが、これはビジネスだ」

「少なくとも俺は、銃を突きつけられた状態でビジネスの話ができるとは思わない」

「しかたがないだろう。こうする以外に、君の協力を得る方法はないんだ」

「何者だ？　もう正体を明かしてもいいんじゃないのか？　ライフル型のカートリッジを使うＦＮのマシンピストルなど、ならず者どもが持てる銃じゃない。あんたも、このふたりも充分に訓練を受けているし、あんたは、アブドル・カッシマーの連絡役を追い払う金を払えるだけの経済力がある」

「かまわんとも、いずれわかることだ」

老人は左手で札入れを出し、カウンターに置き、そのなかからＩＤカードを取り出して掲げた。

ＩＤカードには、彼のさっぱりとしたときの顔写真が印刷されており、同時にＢＮＤの文字がはっきりと見て取れた。

「ＢＮＤ……。ヨーロッパ共和国連邦の情報部か……？」

「ほんの小間使いでね。あんたのスポンサーは日本人だ。さ、いずれにしろ、テヘランに長居するのはまずい。カッシマーがいなくなった今、ここでは何が起こるかわかったものではない」

「ＢＮＤだって……？」

シド・アキヤマは、もう一度つぶやいた。

そして彼は、老人に従った。それしか方法がなかった。

ＨＳＴはどんどん高度を下げていった。

空は暗く星が見えていた。太陽とともに星が見えるのだった。つい数十年まえまでは宇宙飛行士しか見ることのできない風景だった。

ＨＳＴは成層圏の外を飛ぶので、そういった景色が見られるのだった。今では珍しいものではなくなっている。かつて、ジェット旅客機に乗ると、雨の日に青空が見られたが、それと同じくらいのありがたみしかなくなっていた。

高度が下がるにつれて空は透明感を失い、反面明るさを増していった。

やがて、空は完全に青くなり、下に雲海が見えた。

雲を鋭角的な機首が貫いていった。

雲の下に出ると海が見えた。雨が降っている。鉛色の海に見えた。

三百人を乗せ、マッハ三で飛ぶＨＳＴは、テヘランから、東京まで三時間足らずでやってきた。

東京湾上に築かれた東京国際空港に着いたＢＮＤの老人とシド・アキヤマは、コミューター発着所へ向かった。

「さ、ここでお別れだ」

老人は言った。「俺はただの案内役なんでな」

シド・アキヤマは振り返った。

老人は、「チャーター」と書かれた廊下を指差した。

「あっちだ。日本人があんたを待ってるはずだ」

老人は、そのときは背広に着替えていたが、初めてテヘランの裏路地で会ったときと、それほど印象は変わっていなかった。彼は名も告げぬまま、背を向けて去って行った。

シド・アキヤマはチャーター便発着所に向かって歩いた。廊下はカーペットが敷いてあり、やわらかな明かりで照らされていた。

チャーター便専用の待ち合い室があった。

アキヤマはそのドアをあけた。

左側に受付カウンターがあり、若い受付嬢が優雅にほほえんだ。

「奥でお連れさまがお待ちです」

この部屋は、今日一日、自分のためだけにおさえられていることを、シド・アキヤマはそのとき知った。

受付の奥にさらにもうひとつドアがあった。開けると、ソファが並んでいるのが見えた。
・セルフサービスの飲み物が置いてある。
ソファのひとつから、ひとりの男が立ち上がった。

「ようこそ、ミスタ・シド・アキヤマ」

男は五十歳前後だった。

白いものの混じった髪は、やや乱れていたが、だらしのない感じではなかった。むしろ男の行動力を表しているようだった。

身長は低くずんぐりとしていた。だが、その男の最も特徴的なのは眼だった。ひじょうに鋭い眼光をしていた。それは不屈の精神力と明晰《めいせき》な頭脳の持ち主であることを物語っていた。

彼は英語で言った。

「こういう形でしかお招きできなかったことを申し訳なく思っております」

「何者だ？」

「内閣官房情報室の黒崎高真佐《くろさきたかまさ》と申します」

「内閣官房情報室？　俺はスポンサーに会わせてもらえると聞いて来たのだがな？」

「間違いありませんよ、ミスタ・アキヤマ。日本政府がスポンサーなのです」

5

シド・アキヤマは黒崎高真佐について、コミューター乗り場へやってきた。

室内ポートにロッキードX10が駐機していた。ビジネスジェットのように見えるが、主翼が屋根の上でX状に交差している。

十人乗りのコミューターだが、客は黒崎高真佐とシド・アキヤマだけだった。

　彼らがゆったりとしたソファに腰を降ろしてベルトを締めると、主翼が回転を始めた。このX翼と呼ばれる主翼は、離着陸のときだけ、ちょうどヘリコプターのローターの役目をする。

飛行中は、固定されていて、主翼の役割を果たしているのだ。

ドーム型の屋根が中央から両側に開いていく。

X翼機ロッキードX10は、垂直に上昇した。

どんよりとした空の下を飛び始める。まわりは酸性雨がしとしとと降り続けていた。

シド・アキヤマは、コミューターが、緑の芝生の上に着陸するのを見て、妙な気分になった。

世界中どの土地に行っても酸性雨が降りそそぐこの時代に、芝生がどうやって緑を保てるのだろう——そんな考えがふと頭を横切った。

黒崎が言った。

「バイオテクノロジーの勝利ですよ。この芝生は酸性土に強い」

シド・アキヤマは、不愉快そうに黒崎の顔を見た。

「失礼……。この緑の芝生に関心がおありとお見受けしたもので……」

ロッキードX10の主翼はゆるやかに回転していた。

オート・クルージングのリムジンがすぐ目の前に停《と》まっていた。内燃機関ではなく超伝導のリニアモーターを使った都市型のリムジンだった。

透明人間の運転手がハンドルを駆り、アクセルとブレーキをあやつっていた。透明人間の正体は、車体に組み込まれたＡＩだ。

リムジンは地上五階、地下三階の首相官邸の正面に着いた。

シド・アキヤマはこういったところへ忍び込んだ経験はあるが、正面玄関から堂々となかに入ったのは初めてだった。

制服姿の警備係、そして背広姿のＳＰがあちらこちらに配備されていた。ドアがあるたびに係員が立っている。

そのひとりひとりに、黒崎はＩＤカードをいちいち手渡した。係員はそれをすばやくスリットに通して照合する。

三回同じ手間を繰り返してようやくエレベーターホールにたどりついた。

「用心深いな……」

アキヤマはひとりつぶやくように言った。

「客を連れてますからね。当然ながら緊急のときは、大幅に手間は簡略化されます。

代わりに、緊急警備体制が敷かれ、Ａ級防犯システムのスイッチがオンになります。現在はＣ級がオンになっているに過ぎません」

アキヤマは何もこたえなかった。エレベーターは三階で止まった。

伝統的に赤い絨毯が敷きつめられている。その廊下を進み、黒崎は、ドアのひとつを無造作に開けた。

そこには秘書官がふたりおり、黒崎に目礼をした。シド・アキヤマには関心を示そうとはしなかった。黒崎の客には興味を持たぬしきたりになっているのだとアキヤマは思った。

さらに奥にドアがあり、黒崎はその先へ進んだ。

「さあ、入って――」

黒崎は言った。「ここが私の城です。くつろいでください」

両袖の机が部屋の角を背にしてすわる形で置かれている。

壁には油絵がひとつ飾ってあり、装飾品と呼べるのは、それくらいのものだった。

来客用のソファすらない。

油絵のある壁と向かい合った壁には高解像度のディスプレイがはめ込みになっている。

黒崎は、部屋のすみから、折り畳み式のパイプ椅子《いす》をひとつ持ってきた。

彼はその椅子を自分の机の正面に、斜めの向きにして置いた。ちょうどディスプレイに向かってすわる角度だった。

「どうぞ」

黒崎はシド・アキヤマに椅子をすすめると、自分は机のうしろの席に着いた。

アキヤマはその椅子に腰を降ろした。

「ずっと気になっていたのだが――」

アキヤマは黒崎を見つめて言った。「俺の腰のうしろには、けっこう物騒な拳銃が下げてある。ここの監視システムを使えばすぐにそれくらいのことはわかるだろう」

「問題ではありません。気にする必要はないのですよ。あなたは客だ。武器を取り上げる理由がない」

納得できるこたえではなかった。

アキヤマは、黒崎が官邸内の防犯監視システム、および警備システムに絶大な自信を持っているのだと思った。

おそらくアキヤマがここで銃を抜いたとたん、壁のどこかから、銃弾が飛んでくることになるだろう――アキヤマはそう想像した。

「中東からいらしたばかりでお疲れでしょう。何か強いお飲みものでもいかがですか?」

「けっこう。正直に言って俺は今回の扱いについて苛立《いらだ》っている。強引だったせいもあるが、何より事情がわかっていないからだ。一刻も早く話が聞きたい」

「ごもっとも」

黒崎は机の右側にあるコンソールの、タッチボタンのひとつを押した。

窓ガラスにグレーの色がつき始め、サングラスのように明かりをさえぎった。黒崎は窓ガラスの色が適当な濃さになったところで、タッチボタンから指をはなした。

「別に、密談をする雰囲気を出したいのではないのですよ」

黒崎は言った。「ディスプレイを見やすくするためです」

確かに部屋は薄暗くなり、秘密のにおいがただよい始めた。

黒崎は、机に埋め込み式になっているキーボードを素早く叩いた。

ディスプレイの画面が変わった。

静止画像だった。

シド・アキヤマの眼は画面に吸いつけられた。

最初はそれが何だかわからなかった。しかし、やがてそこに映し出されているのは、兵士たちの死体によって築かれた山であることがわかった。

　黒崎が言った。

「ニカラグアです。この死体の山には、米軍、ニカラグア政府軍、そして反政府ゲリラが混ざり合っています」

　アキヤマは画面を無言で見つめ続けていた。

「さすがですな。この映像を見て気分を悪くしなかった者はいません。あなたは顔色ひとつ変えない」

　アキヤマは黒崎を見た。

「おそらくあんたも平気な顔をしていたはずだ。話を続けてくれ」

　画面が変わった。今度は上空から同じものを写した映像だった。衛星から撮影したものだろうとアキヤマは思った。

「最初にこの死体の山を発見したのは、URコマンド部隊です。孤立している米陸軍特殊部隊からの通信を受け、太平洋艦隊から空輸されたのです。その後、アメリカ統合情報部、ならびにURの情報部BNDが調査を進めました。軍事衛星、地質探査衛星、気象衛星、すべてに残っている記録を調べ、コンピューターによって解析し、シミュレーションを行ないました。その結果、この死体の山は、たった四人によって作られたことがわかりました」

アキヤマは驚きの表情を見せた。

「ばかな……」

「いや、疑いの余地はないのです」

黒崎は、またキーボードをあやつった。

画面が変わった。モスクをかたどった建物から黒煙が上がっている。画面がズームになる。

その建物の中庭や周辺に兵士の死体が散乱しているのが見えてきた。

「アブドル・カッシマーの城……」

アキヤマはつぶやいた。

「そのとおりです。カッシマーの死は正式には今日発表されましたが、殺されたのは昨日です。この映像の記録は、ＢＮＤとモサドによって撮影され、即座に解析されました」

「つまり、ニカラグアと同じやつらのしわざだと……？」

「そういうことです。米ＴＩＡ、ＵＲのＢＮＤ、モサド、インターポール、そしてわが内閣官房情報室――通称ＪＩＢが総力を上げて犯人の割り出しを行ないました。すべての機関のコンピューターは、この件のためだけにフル回転し、ありとあらゆる過去の資料と最新のデータを洗いました」

アキヤマは無言で話をうながした。

黒崎も黙ったまま、キーボードを叩いた。

画面に、ある白人の顔が大映しになった。その顔がゆっくりと横を向いてゆき、やがて三百六十度回転してもとの正面にもどった。

銀色に近いブロンドに、冷酷な感じの青い眼――。

シド・アキヤマは眉間にしわを寄せた。

「アラン・メイソン……」

彼はつぶやいた。

「そうです」

黒崎がうなずく。キーボードを叩く音。画面に別の顔が浮かぶ。

エメラルドグリーンの眼と漆黒の髪を持つ美女だった。

「ジョナ・リー」

シド・アキヤマは画面を見たまま言う。

三人目の顔が映し出される。

茶色の眼に黒い髪のイタリア系だった。

「トニー・ルッソ……」

そして、最後に、切れ長の眼をした東洋人の男の顔が映し出された。

「ホーリイ・ワン……」

アキヤマは、四人全部の名を正確に言いあてた。

画面は四つに分割され、四人の顔が同時に現れた。

シド・アキヤマは黒崎の顔を見た。

「この四人が犯人だというのじゃないだろうな」

「われわれはそう結論づけました」

「冗談だろう。確かにこの連中はきわめつきの優秀な傭兵であり、A級のテロリストだった。しかし、生きている間だけだった。彼らは死んだんだ」

「そう思われていました。彼らは、あなたと同じくアブドル・カッシマーから仕事をもらいイラン国内の敵対急進勢力の中心人物、ムハマド・ハサンを暗殺したのです」

「そして、脱出のためのヘリをカッシマーが用意することになっていた。しかし、ヘリは来なかった……」

「よくご存じですね」

「われわれの世界の出来事だからな……」

「そう。四人はアブドル・カッシマーにとっては捨て駒に過ぎなかったのです。四人を救出する手筈など、最初からカッシマーの頭のなかにはなかったのでしょう」

「たぶんそうだろう。カッシマーにしてみれば、ムハマド・ハサンが死んでくれればそれでいいのだからな。四人を救出する必要など彼にはない」

「四人はその後どうなったのかは、URヨーロッパ情報部もつかんではいませんでした。しかし、偶然、北海道スペースセンターの防犯コンピューターが、彼ら四人の顔を発見していたのです。彼らは、それぞれ別々の時期にスペースプレーンで地球へ戻ってきたのです。そのコンピューターからの情報は誤りとして処理されていました」

「しかし、誤りではなかった？」

「そう……」

「やつらはアウターランドへ逃げのびていたというのか？」

月面や火星の移住地区はアウターランドと呼ばれていた。

「そうではありません。彼らを連れて行った者がいるのです。それも、アウターランドへではありません。ラグランジュ点のひとつにあるスペースコロニーへ、です」

「なるほど……」

シド・アキヤマの目が細くなった。彼は不機嫌そうな表情で小さくうなずいた。

「ゲンロク・コーポレーションか？」

「あなたなら、ご存じだと思っていました。この四人のバックにゲンロク社がいると なれば、彼らがアブドル・カッシマーを葬った理由が、単なる復讐でなかったことは おわかりになるでしょう。彼らは明らかにゲンロク社のために働いている。復讐など 二の次だったはずです」

「カッシマーが握っていたテロ・ネットワークだな。ゲンロク社は、そのテロ・ネッ トワークを狙《ねら》っていた。カッシマーが握っていたネットワークを手に入れれば、世界 のテロリズムのほとんどをゲンロク社が独占することになる」

「そう。暗黒世界の勢力地図が大きく書き替えられることになります。勢力のバラン スが崩れ、おそらくたいへん面倒なことになる――つまり、ゲンロク社は事実上、地 球を支配すると言っても過言ではないのです」

「言わせてもらえば――」

アキヤマは言った。「俺の知ったことではない」

「だからビジネスだと申し上げている」

「もうひとつ言わせてもらえば、いくらアラン・メイソンやトニー・ルッソがA級のプロフェッショナル戦闘員だといっても、さきほどのニカラグアやカッシマーの暗殺など無理だ。少なくともあれだけのことをやってのけるには、陸軍の二個小隊が必要だ。それもかなりの重装備のな」

「アラン・メイソン、ジョナ・リー、トニー・ルッソ、ホーリイ・ワン――この四人は、普通の人間ではありません。おそらく半死半生のところをゲンロク社に運び込まれ、生き返らされたに違いありません」

「普通の人間ではない……？　生き返らされた……？　サイボーグだというのか？」

「そうです」

「しかし、一般に兵士をサイボーグ化した場合、戦闘能力はもとの状態より落ちるというのが常識だ」

「そう。それがこれまでの常識でした。だがその常識は、サイボーグ化をあくまで外科治療の延長――つまり、精巧にできた義手や義足をつけることくらいにしか考えないという前提があってのものです。しかし、ゲンロク社は、人体にウエポン・システムを埋め込むことを実行しました。どこの国でもモラルの問題があって着手しなかったことです」

シド・アキヤマは無言で黒崎を見つめていた。

「ゲンロク社は、かなり有効な有機体のコントロール・システムを完成しているようです。最新鋭の科学力です」

黒崎は、キーボードで指を躍らせた。「これは、戦闘状況、および衛星からの実写ビデオをコンピューター解析して推量したアラン・メイソンの戦闘能力です」

方眼紙で作られた人形《にんぎょう》のような画像が現れた。碁盤の目が曲線を描き、立体を表現している。

もう一体、同様の人型《ひとがた》が現れた。

片方が、もう一方の後方へ回り込んだ。後方の人型の右手が、相手の喉のあたりに伸びる。

右手は真横に動き、ややあって、後方に回り込まれた男の首がポロリと落ちた。

シド・アキヤマは眉をひそめた。

黒崎はアキヤマに尋ねた。

「アラン・メイソンが得意としていた戦術をご存じですね？」

「ナイフによる格闘、および暗殺だ。やつは猫のように人の背後に忍び寄り、虎のように牙をむいて一瞬で殺す」

「そう。私たちのコンピューターは、アラン・メイソンがナイフの代わりに、高出力のレーザーメスを手に入れたのだと結論づけました」

「レーザーメス……？」

「そう。アラン・メイソンは、指先から高出力のレーザー光を発射できるのです。五本の指をそろえた場合、今ごらんになったように首を切り落としたり、手足を切り落としたりすることができます」

「レーザー光線を武器に使おうなどと考える者はいないと思っていたがな……」

「使う者によっては、食事用のナイフやフォークだっておそろしい武器になります。アラン・メイソンは得意な得物を体内に隠し持っていることになります」

「ほかの三人は？」

黒崎は首を横に振った。

「まだわかっていません。しかし、たいへんな破壊力を持った武器を体内に持っていることは確かです」

シド・アキヤマは立ち上がった。

「話は聞かなかったことにしよう……」

黒崎は椅子にすわったまま、アキヤマを見すえた。

「そうはいかないのです。もう一度言いますが、あなたは選ばれたのです」

「陸軍の三個小隊を全滅させるやつらだぞ。俺に何ができるというんだ?」

「ゲリラにはゲリラ。テロにはテロですよ。世界中のコンピューターが西側でナンバーワンの男としてあなたの名をはじき出したのです」

「何かの間違いだ。俺はただ生きのびたに過ぎない」

「今回も、この四人と戦い、生きのびていただければいいのです」

「不可能だ」

「あなたに不可能はないと聞いています。四人を狩ればいいのです」

「俺も自分の命が惜しい。断わる」

「自分の命?」

黒崎はかすかに笑いを浮かべた。「失いたくないのはジョナ・リーの命ではないのですか?」

シド・アキヤマは無表情に黒崎の顔を見た。だが、その眼には今までなかった感情——怒りがはっきりと見てとれた。

6

部屋のなかの緊張感が一気に高まった。

ふたりの間で一切の音が遠のき、すべての風景が消えさったかのようだった。

だが、黒崎高真佐はその緊張感を楽しんでいるように見えた。

先に口を開いたのは黒崎だった。

「逆鱗《げきりん》に触れた——そんな感じですな。わかりますよ。誰にでも触れられたくない過去がある」

シド・アキヤマは、眼から怒りを消した。同時に、すべての感情を表情から消し去った。

「そういう問題ではない」

アキヤマは言った。「ただ驚いただけだ」

「天下のシド・アキヤマを驚かすことができたのですから、これは快挙と言わねばなりませんな」

黒崎はさらに余裕の笑みを浮かべた。「仕事の話に戻りましょう。われわれは、あの四人を消していただいた場合、十億円をお支払いする用意があります。ただし、ひとりでも生きている間は、報酬は支払われません」

「いくら金額を示しても無駄だ。俺は引き受ける気はない。それだけの金を出せば、話に飛びつく無鉄砲なやつがほかにいるかもしれない。例えば、ジャック・バリーだ」

「ジャック・バリーはこう言いました――シド・アキヤマと組めるのなら話に乗ってもいい――」

「ジャック・バリーと接触したのか？」

「あなたの居どころを聞き出すためにね。ご存じのとおり、ジャック・バリーの情報収集能力はあなたたちの世界でもナンバーワンです。噂によれば、一国の情報機関の情報収集能力をもしのぐといわれていますからね」

「まず敵を知る。その後に戦う。それが彼のやりかただ。あいつはそれで生きのびてきた」

「あなたが他人と組んで仕事をするのがお好きではないのはよく存じております。だから、例えばの話として聞いていただきたいのですが、ジャック・バリーと組まれたとしても、われわれは十億しか出せません。したがってひとりあたり五億ということになります」

シド・アキヤマは立ったまま無言で黒崎の顔を見つめていた。

「さらに」

アキヤマが何も言い出さないので黒崎は続けた。

「この仕事を引き受けてくださったら、あなたの国際指名手配を即刻取り消し、これまでの罪状をすべてなかったことにしましょう」

これはアキヤマにとってはたいへん魅力的な申し出だった。

だが、うかつに餌《えさ》に飛びつくわけにはいかない。アラン・メイソンをはじめとする四人のテロリストは、ただの人間であったときもたいへん手強《てごわ》い連中だったのだ。できれば敵に回したくない連中で、事実アキヤマはそうしてきたのだった。その四人が今や文字通りの人間兵器と化しているのだ。

アキヤマはプロフェッショナルだからこそ恐れているのだった。敵の戦闘能力がいやというほどわかるからだった。

黒崎はさらに言った。

「私は脅迫するようなやりかたは好きではありません。しかし、あなたがどうしてもこの仕事を断わると言われるのなら、私は、国際的なテロリストとしてあなたをここで逮捕しなければならなくなる」

それで正面玄関を通ったのか——アキヤマは思った。

今ごろ、アキヤマを発見した防犯コンピューターが警察庁、警視庁、そしてインターポールに報告しているだろう。

アキヤマは自分の失態を認めなければならなかった。

「逮捕されるか、罪がすべて取り消されるか——これは天と地の差があると思いますが……。それに、あなたは戦うことでしか生きていけない。そうでしょう」

アキヤマはまだ同じところに立ったままだった。

彼はようやく口を開いた。

「ひとつ質問していいか？」

「どうぞ」

「なぜ日本政府がスポンサーなのだ？」

黒崎は肩をすぼめて見せた。

「役割分担なのですよ」

「なるほど……。国際軍事力としての配慮というわけか」

「そのとおり。いまだに日本は核兵器を持たず、海外出兵も拒否しています。しかし、西側の先進国のひとつとして、いまや軍事的にも一定の役割を果たさなければならなくなっているのです」

「それで情報戦と、陰の戦争を請け負うというわけか」

「陰の戦争ね……。私どもはテロリズムという犯罪の摘発だと考えていますが……」

アキヤマはしばらく何事か無言で考えていた。やがて彼は再びパイプ椅子に腰を降ろした。椅子の向きを変えて、黒崎と向かい合った。

アキヤマは言った。

「人数が増えると取り分が少なくなる。倍出せるか?」

「は……?」

「二十億円の報酬だ」

黒崎はふと疑わしそうな表情になった。

「どういうことですか?」

「言ったとおりの意味だ」

黒崎は、身をまえに乗り出して机の上で両手を組んだ。

「チームを作ろうというのですか?　あなたが、誰かと組むと……?」

「……でなければ百パーセント勝ち目がない。いや、チームを組んだからといって勝ち目があるとは思えんがな……」

黒崎は慎重に考えてからこたえた。

「そう……。用意できる限界は十五億円ということになります」

「十五億か……」

「多少の必要経費は認めましょう」

アキヤマは何も言わなかった。彼はまだ決断を下していない。

無言のときが過ぎた。

黒崎も、今はアキヤマに考えさせるべき時間だと悟り、口を出さなかった。

たっぷり五分ほど経って、アキヤマは急に顔を上げた。

「必要経費などいらない。それは、自分でまかなう。十五億円だけは確保してもらいたい」

「国の名誉に誓って……」

黒崎は商談が成立したことを実感した。

「ひとつだけ、やってほしいことがある」

「何でしょう？」

「ジャック・バリーを見つけ出して連絡が取れるようにしてもらいたい」

黒崎はうなずいた。

「お約束しましょう」

アキヤマは立ち上がった。

黒崎も立ち上がり言った。

「ホテルを取ってあります。車で送らせましょう」

アキヤマはかすかに笑った。

「あんたたちが予約したホテルに安心して泊まることはできない。居場所を知られているということだからな。それに、オート・クルージングの無人車は好きになれない」

「ここから姿をくらまそうというのですか？　それでは連絡の取りようがない」

「連絡は常にこちらから取る」

黒崎はアキヤマを見つめてしばらく無言で考えていた。

ややあって彼はうなずいた。

「いいでしょう。いつでも私を呼び出せる特別の電話番号をお教えしましょう」

「その必要もない。その回線に逆探知や録音機をセットされると思うと、どうも気分がよくない」

「なるほど……。あなたがこれまで生きのびてこられた理由が少しわかった気がします」

「出口まで送ってくれるのだろうな。俺にはひとりでＩＤカードなしにこの電子要塞のなかを歩き回る度胸はない」

「もちろん丁重にお見送りさせていただきます。ご希望でしたら、車をあなたのために一台用意してもよろしいのですが？」

「けっこう。自分で使うものは自分で用意する」

黒崎が先に部屋を出た。アキヤマは一歩距離を置いて続いた。

例によってふたりの秘書官はシド・アキヤマの顔を見ないようにして、目礼を送ってきただけだった。

エレベーターを降り、三つのチェックポイントを通り、正面玄関に出た。

シド・アキヤマは、しとしとと降り続く酸性雨のなか、傘もささずに歩き去って行った。

内閣官房情報室長、黒崎高真佐は、かすかに体が震えているのを感じていた。恐れのためではない。世界で最も危険な男のひとりであるシド・アキヤマと渡り合ったということに興奮しているのだった。

「賽《さい》は投げられた——か……」

黒崎はつぶやくと、踵《きびす》を返して、官邸内にもどって行った。


シド・アキヤマは煙草のやにで黄色くなった窓から夜の景色を眺めていた。

彼が泊まっているのは、フロントが無人の安ホテルだった。高層ビルだが、今の時代、高層ビルであることは何のステータスでもなかった。

特に、この新宿のあたりは、スラム化が進んでいた。

東京は、世界で唯一スラム化しない都市だと言われて久しかったが、時代と国際化の波には勝てなかった。

仕事を求めてやってきた世界中の国の人々がこのあたりに住みついた。

一方、東京都民は上がり続ける地価に音《ね》を上げ、また相続税を払いきれず、どんどんと郊外や隣県に脱出していった。

東京の内陸部は夜にはゴーストタウンと化した。

職のない不正入国者や、警察の追及を逃がれてやってきた犯罪者が、ビルとビルの間を埋めるように住み始めた。

そのなかにはもちろん、家を持たない日本人の姿も混じっている。

安酒場は、そういった連中に占領されてしまっていた。やがて派手な化粧の女が道に立ち、迷い込んだ金持ちはたちまち強盗に遭うようになった。

東京は、長い間安全な街だと言われてきた。その理由のひとつに、日本にはそれほど多くの民族が入り乱れているわけではなく、きわめて単一民族国家に近い国だからということが挙げられていた。

しかし、東京はそうではなくなっていた。

夜の東京に日本人の姿はあまり見られなくなっていた。

例外の地区は、東京湾の人工島および、東京ウォーターフロント地区だった。

近代的で安全な住居とオフィス街。夜になると最新の流行を取り入れたバーやクラブ、しゃれたレストランなどに明かりが点《とも》った。

シド・アキヤマが見つめているのは、その人工島のうすぼんやりとした明かりだった。

建物の陰になって東京湾地区は見えない。低く垂れこめた雨雲に映っているのだ。

高速道路や、JRのリニアモーター列車の線路の上に、覆いかぶさるようにビルが建っている。

ちょうどそれがピラミッドのように見えた。土地の最大限の利用と確保のひとつの手段として、道路や線路をまたぐようにして建つ層構造モジュールビルディングだった。

この層構造モジュールビルディングが、都市に一種宗教建築めいた新しい雰囲気を与えていた。

どこか遠くで、爆竹のはぜるような音がした。

小口径の銃で撃ち合っているのだ。

この時代、銃の規制はたいへん難しくなってきていた。外国人たちは、銃刀法を平気で無視する。

フィリピンや東南アジアの工業力はすでにかつて先進国と呼ばれた国々のそれをしのいでおり、優秀なオリジナルのピストルをデザインして大量に生産していた。

その拳銃が外国人の暴力組織や、日本の暴力団によって国内に持ち込まれていた。

ノックの音が聞こえて、シド・アキヤマは反射的にヒップホルスターのグロック20ハイパワーに右手を持っていった。

彼は銃を抜き、決してドアの正面に立たぬようにしてドアに近づいた。

ドアは鉄製だったが、ハンドガン程度の大きさで鉄のドアをぶち破るくらいの破壊力をもつ武器ならいくらだって開発されている。

アキヤマはドアの脇の壁に背をつけた。

もう一度ノックの音がした。

シド・アキヤマがここに泊まっていることを知っている者はいない。したがって彼を訪ねてくる者もいるはずがないのだ。

アキヤマはじっと声を出さずに、グロック20ハイパワーを両手で握っていた。ドアを破って突入する者があったら、誰だろうと撃ち殺すつもりだった。

今度はノックに続いて、日本語が聞こえてきた。

「開けろ。中にいるのはわかってる。警視庁外国人特捜《エーリアン・スペシャル》だ」

太い声だった。相手の体格のよさを物語っている。日本語を母国語とする者の発音ではなかった。子音を強く発音している。西欧人の話し方だった。

シド・アキヤマはその声に聞き覚えがあった。

彼は銃を右手に持ち、ドアの魚眼レンズをのぞいた。相手がひとりかどうかを確かめたかったのだ。

相手は魚眼レンズによってギャグ漫画の登場人物のようにデフォルメされていた。

アキヤマはチェーンを外し、ドアを開けた。

濃い青い眼に砂色の髪をした白人の巨漢が立っていた。一九〇センチ、九〇キロといったところだ。

「しばらくだな」

相手は眠たげな半眼で笑いを浮かべた。彼は英語に切り替えていた。

「外国人特捜《エーリアン・スペシャル》だって？」

「そう。ここらにいるやつらは、その名を聞くとふるえ上がる。あんたもそうじゃないかと思ってためしてみたんだ」

「おそろしくて、あやうくあんたを撃ち殺すところだったぞ、バリー」

「ところで、こうやってドアの外となかで立ち話を続ける気かね？」

シド・アキヤマは場所をあけて、ジャック・バリーを部屋に招き入れた。

「ＪＩＢのクロサキによると、あんたはこの俺に会いたがっているということだが……？」

ジャック・バリーが言った。

「まったく驚いた男だ。俺はあんたと連絡を取りたいと言ったんだ。それもほんの四時間ほどまえのことだ。この部屋は誰にも教えていない。なのにあんたは、今、俺の目のまえにいる」

ジャック・バリーは芸人がカーテンコールでやるようにうやうやしく一礼して見せ

た。

「ニンジャに不可能はないのさ」

ジャック・バリーは、普段、ジャック・コーガ・バリーと名乗っている。

彼はアメリカ人だが幼いころにニンジャにあこがれ、単身日本にやってきて、滋賀の山中で忍法を学んだという変わった経歴を持っている。

コーガとは甲賀流のことだ。

彼は甲賀流忍法の免許を皆伝されているといわれている。

ジャック・コーガ・バリーは、帰国後、米海兵隊に入隊したが、甲賀流忍法を駆使して目覚ましい戦功を上げた。

もちろん、生まれながらにして軍人としての才能があったことは確かだった。

彼は、米軍より割のいい仕事があることを知った。そして彼は傭兵の世界へと脚を踏み入れたのだった。

「JIBのクロサキから、アラン・メイソンたちの話は聞いているのだろう？」

アキヤマがバリーに尋ねた。

「聞いているよ」

「ニンジャに不可能はないと言ったな。あんたがやっつけたらどうだ？　報酬をひとり占めできる」

　バリーの顔が急に暗くなった。

「訂正するよ。ニンジャにはほとんどの場合、不可能はない。ただし例外もあり得る。今回の話は例外だ」

「あんたは、俺と組めるのなら仕事を引き受けてもいいと言ったそうだな……」

　バリーは、身を防ぐように両手を広げて前に突き出した。

「勘違いしないでくれ。あんたをはめようとしたわけじゃない」

「ここへ現れるのが早過ぎたような気がしたんでな……」

「そりゃクロサキとの間にはいくつか取り引きがあったことは認めるが……」

「いいさ。気にするなよ、バリー。ただ、あまりおもしろくないことをするようだったら、九ミリのハイパワー弾を食らうだけだ。正直に言え、クロサキと組んで俺をこの一件に引きずり込んだんだな？」

　バリーは何か言い訳をしようとして、それをあきらめた。

「そうだ、アキヤマ。クロサキは俺に接触してきて、俺からあんたに関する最新情報を聞き出した。わかってくれ。俺も弱味を握られておどしをかけられたんだ」

「ニンジャにも弱味があるのか？」

「そりゃあな……。これまで殺した人の数は十や二十じゃないからな……」

「クロサキは、ジョナと俺のことを知っていた。妙だと思ったんだ」

「すまん……」

「忘れてやる。どうせ、あんたと組もうと思っていたんだ」

バリーが顔を上げた。

「俺たちだけで片づけるのか？　あのサイバー・アーミーたちを……」

「サイバー・アーミー？」

「ゲンロク社では秘《ひそ》かにそう呼んでいるらしい」

「いや、俺たちふたりでは太刀打ちできない。俺は五人のチームを考えている」

「あと三人……」

「そうだ。思い当たるだろう、バリー」

バリーは考えながらアキヤマを見つめた。

「俺たちを敵に回して、さんざん俺たちをあわてさせた連中……」

「そうだ」

「シライシにツェン、ランパ……」

「そう。だが彼らが今どこにいるかわからない。そこであんたの力がいる」

「お安いご用だ。明日の午後までに居場所をつかんでやるよ。どこで何をしていようとな」

7

白石達雄はまだ二十七歳だったが、すでにアフガニスタンのある地区で伝説的な人物となっていた。

彼は天才的な外科医だった。

白石達雄は、紛争地帯から運ばれてくる死にかけた兵士を何人も救った。

アフガニスタン周辺は常に戦火に見舞われていた。何度か、政府軍と反政府ゲリラの間に停戦の協定が交されたが、数年後には破棄されるのだった。

目をおおいたくなるような惨劇が連続する泥沼のような戦場だった。

白石達雄は、その戦場で、あるときは傭兵として銃を取り、あるときは従軍医師の役目を果たした。

今、彼は、ＡＫ74の発展型であるカラシニコフ・アサルト・ショットガンＡＫＳＤを構えていた。

ＡＫＳＤは、アサルト・ライフル程度の重さと大きさしかないが、十二番径の散弾を次々と連続して撃てるおそろしい銃だった。

十二番径の散弾を二十発込めるために、銃身の下に平行して長いマガジンを取り付ける形になっているが、マガジンは銃身と一体化しているため、持ったときに邪魔な感じはしなかった。

むしろ、旧式のポンプアクションのショットガンより扱いやすいものとなっていた。

砂漠の丘陵地帯には無人の軽量装甲車がうじゃうじゃしていた。政府軍の戦力だ。

無人装甲車は六輪駆動で、軽々と岩だらけの丘陵や砂漠を走り回り、センサーで敵を識別して七・六二ミリ短機関銃や、十二・七ミリ機関砲、あるいは三〇ミリ・グレネード・ランチャーを撃ちまくる。

ロケット・ランチャーで狙っても、動きが早くなかなか当たらない。西側では、この軽量無人装甲車を『タランチュラ』と呼んでいた。

『タランチュラ』はリニアモーターを使っているので、熱線追尾装置が役に立たないのだ。

『タランチュラ』には地雷が最も効果的だったが、最近ではセンサーが改良されて、地雷を回避するようになっていた。

白石は『タランチュラ』の群れを避けて国境近くの林のなかに入っていた。

ひどく暑かったので、日陰に入るだけでほっとした。

仲間のゲリラとははぐれてしまった。みんな砂漠で『タランチュラ』に蹴散らされてしまったのだ。

常緑広葉樹と落葉広葉樹の混交林だ。さまざまな木々が生い茂っている。

高い木は枝をいっぱいに伸ばし、葉を広げ、その下をびっしりと灌木《かんぼく》が埋め、足もとには下生えがはえている。

ほとんど視界が利かない。

突然、近くで続けざまに爆発が起こって、白石は思わず灌木の間に身を投げ出した。『タランチュラ』が三〇ミリ・グレネードを三発撃ち込んできたのだ。

太い枝が折れて垂れ下がり、そのとなりの木の幹が縦に割けていた。

三〇ミリ榴弾《グレネード》のなかに巻かれている、ぎざぎざに傷をつけられた針金が、爆発したとたんに四方に飛び散り、周囲のものをずたずたにしていた。

あれが人体だったら、やっかいなけがになる——白石は頭のすみでそんなことを考えていた。

やっかいなけがどころか、実際には、グレネードが間近で破裂したら、まず助からない。

「くそっ！　蜘蛛《くも》野郎め……」

『タランチュラ』は赤外線識別装置を持っている。

人間の発する熱を識別できるのだ。政府軍が身につけている、ある種の識別信号を発するワッペンがない限り、人間と見れば攻撃してくる野蛮なマシーンだった。

人間相手だったら、絶大な破壊力を発揮するアサルト・ショットガンも『タランチュラ』の装甲には無力だった。

白石は灌木の下でうずくまり、何かほかに有効な武器はないかと必死に考えた。戦場で頭の回らなくなった人間は必ず死ぬ。

白石達雄は誰に教わったわけでもないが、そのことをよく知っていた。

彼は腰のベルトに下げたさまざまな包みに手をやった。

右の腰には、十二ゲージの散弾が二十発詰まったマガジンが三本差してあった。その脇には、サバイバルキットを収めたアルミニウムの箱がある。

さらに、左の脇の下には、ホルスターで、マカロフの二〇二〇年型九ミリ×十八自動拳銃を吊っている。

左の腰には、消毒薬、麻酔薬、蟹《かに》の甲羅から作った人工皮膚、鎮静剤、抗生物質、各種のメスなどがぎっしり詰まったケースがくくりつけてある。

彼を伝説の人物にしたのはこの小箱だった。

「まいったね……」

白石は汗をぬぐってつぶやいた。有効な武器になりそうなものは何ひとつなかった。『タランチュラ』たちは林のなかを見透かす眼を持っている。白石は殺されるのを待つばかりだった。

そのとき、丘のほうですさまじい爆発が起こった。

思わず白石は下生えのなかに伏せていた。

黒煙と土埃が上がっている。何か金属の破片が大地に降りそそぐ音がした。『タランチュラ』の一台が爆発したのだということを白石は知った。

さらにもう一度爆発が起こり、『タランチュラ』が破壊された。

爆発のまえに、独特の発射音が聞こえた。ロケット・ランチャーの音だった。アメリカ製のM20A2か、中国製のコピーだろうと白石は思った。

「ロケット・ランチャーだと?」

白石はひとりつぶやいた。「このあたりのゲリラがそんなものを持ってるわけはないな……」

「そう」

すぐ背後で声がして白石は仰天した。まったく気配がしなかったのだ。その声は日本語で続けた。「それに、ロケット・ランチャーで『タランチュラ』を狙い撃ちできるほどの腕も、このあたりのゲリラにはない」

白石は声のほうにAKSDアサルト・ショットガンを向けていた。

彼は何も言わず、深い藪《やぶ》を見つめている。

藪のなかからジャック・コーガ・バリーが現れた。

「バリー……」

白石は驚き、英語に切り替えて言った。「いったいこんなところで何をやってるんだ?」

「おまえさんを迎えに来たんだ」

「迎えに? どういうことだ?」

「それは、たったひとりで『タランチュラ』の相手をしている男に尋ねるんだな」

白石は興味に駆られて、丘陵が見えるところまで移動しようとした。

「おっと待てよ。自殺する気か?」

ジャック・バリーは、白石の腕をつかんだ。「こいつを貼《は》りつけるんだ」

バリーが手渡したのは、政府軍の識別信号を発するワッペンだった。見ると、バリーもそのワッペンを付けている。

白石はそのワッペンを受け取り、林の出口のあたりまで移動していった。

『タランチュラ』が走り回る丘にひとり立ち、ロケット・ランチャーを構える男がいた。

「シド・アキヤマか……」

白石はつぶやく。

「そうだ。アキヤマも政府軍のワッペンをつけている。『タランチュラ』のＡＩは、味方から攻撃されることで混乱している。それがアキヤマの狙いだった」

「『タランチュラ』どもはどうするかな?」

ジャック・バリーは肩をすぼめた。

「撤退限度被害値の二十パーセントを超えたところで一目散に逃げ出すさ」

バリーの言うとおりだった。

アキヤマのロケット弾が、五台目をやっつけたところで『タランチュラ』たちは退散し始めた。

アキヤマは、逃げて行く『タランチュラ』に向かってさらに一発発射した。

また一台、『タランチュラ』が爆破された。

やがて、静けさがやってきた。金属やプラスチックの焼けるにおいと硝煙のにおいがあたりにたちこめている。

アキヤマは、丘を降り始めた。

ジャック・バリーと白石達雄は林から出て行き、彼を迎えた。

白石はアキヤマに英語で言った。

「恩に着る。もう少しで死ぬところだった」

アキヤマも英語でこたえた。アキヤマが日本語より英語のほうが得意なことを白石は知っていたのだ。

「それが目的だった」

「何が目的だって？」

「あんたに貸しを作ることさ」

白石はバリーを見た。

「あんたたち、何をたくらんでるんだ？」

バリーが言った。

「地獄へ付き合わせようと思ってな」

「ここだって地獄だぜ」

「ここが？　ばかを言うな。アキヤマが考えてることに比べればアフガニスタンなど神が作りたもうた最高の土地に思えるぞ」

「やだよ」

白石はアキヤマのほうを向いて言った。「僕に何のうらみがあるか知らないけど、ここ以上にひどいところへなど行きたくはないね」

「ビジネスなんだ」

シド・アキヤマは言った。「ひとりあたま三億円の報酬だ」

一瞬白石は興味を覚えたようだが、すぐに考えを変え、かぶりを振った。

「三億円だって？　冗談だろう。今どき、傭兵やスナイパーに三億も払うやつがいるはずがない」

「スポンサーは、あんたの国だよ」

「残念ながら、僕はナショナリストじゃないんだ。日本政府がひとり当たり三億円も出すだって？　そんなもん、ろくな仕事じゃないに決まっている。ははん、わかったぞ。アウターランドだろう」

ジャック・バリーがにやにやと白石を見降ろしながら言った。

「近い線だな」

白石は、バリーを見た。

「僕はアウターランドなどへは行かない。異常気象だ、海面上昇だ、酸性雨だと騒いではみても、火星や月の気象に比べればどうってことない。そうだろう」

バリーはこたえた。

「俺はアウターランドへ行くなんて一言も言ってないよ」

「とにかく僕は話を聞く気なんてないからね」

アキヤマはかまわずに話し出した。

「レッド・アメリカのジャングルのなかで、兵士たちの死体で山が作られていたという話、聞いていないか？」

白石は何もこたえなかった。アキヤマは続けた。

「イランでアブドル・カッシマーが殺されたことも知ってるな」

「だからどうだっていうのさ？」

「アラン・メイソンは知っているか？」

「もちろん」

「ジョナ・リーは？」

「知ってるよ。あんた、彼女が好きだったんだろう？」

「トニー・ルッソは？」

「知ってるさ」

「ホーリイ・ワン」

「いいかげんにしてよ。みんな知ってるよ。だけど何だっていうんだ？　やつらは死んじまったんじゃないか」

「いや……。どうやら、あんたより腕のいい外科医がいたらしい。彼らは死ななかった。いや、怪物として生まれ変わった。さっきのふたつの出来事は、あの四人のしわざなんだ。たった四人でやってのけたんだ」

「待てよ、アキヤマ。それは、アラン・メイソンたちがサイボーグ化されたということを意味しているのか？」

代わりにバリーがこたえた。

「ある人々はサイバー・アーミーと呼んでいる。人間兵器だ」

「いったい誰がそんなことを？」

白石の眼に怒りの色が浮かんだ。

「ゲンロク・コーポレーション」

アキヤマは言った。

白石はアキヤマの顔を見つめた。

「何のために？」

「これ以上は話せないな。いっしょに組むことにならない限り」

白石はアキヤマから眼をそらした。

彼は砂と岩の丘に散乱している『タランチュラ』の残骸を見回した。

彼はしばらくそうしていてから言った。

「そうか……。僕は借りを作っちまったんだな」

「そう。その点をよく理解してもらいたい」

「つまり、話に乗るということは、アラン・メイソンたちと戦うことを意味しているんだ？」

「そうだ」

「勝ち目は？」

「わからん」

「あんた、嘘がへただね、アキヤマ」

「とにかく、可能性はゼロではない」

「でも限りなくゼロに近い。そうだろう。三億円か、さもなくば死か……」

「正直に言っておこう。そんなところだ」

白石は、カラシニコフ・アサルト・ショットガンを握り直した。この種の道具だけが持つ独特のカチャリという小気味いい音がする。

「まあ、ここにいてもろくなことはないしな……」

白石はアキヤマに眼を戻した。「オーケイ。その話、乗ってもいいよ」

アキヤマはうなずいた。

「そうと決まれば、こんなところにぐずぐずしている必要はない。どこか清潔な都会のホテルへでも行って冷たいマティーニを飲みたいもんだな」

「ゲリラや雇い主に挨拶《あいさつ》しなくていいのか?」

バリーが尋ねた。

「かまうもんか。どうせ、やつら僕を見捨てて逃げたんだ。僕は死んだものと思ってるに違いないよ。ここまで何で来たんだ?」

アキヤマがこたえた。

「ディーゼルエンジンのジープだ」

「ディーゼル？　内燃機関か？　たまげたな。走るんだろうな？」

「だいじょうぶだ」

「どこにある？」

「丘のむこうだ」

「わかった。すぐに出発しよう」

白石は先に歩き出した。

「おい」

バリーは、白石の後ろ姿を見ながら、アキヤマにそっと言った。「あいつ、やけに調子いいじゃないか。態度がころっと変わっちまいやがった。信用できないな」

アキヤマは、初めてかすかに笑った。

「そう思うか？」

「どういうことだ？」

「なぜ白石が俺たちと組む気になったか――なぜ気が変わったか、あんたにはわからないのか？」

「ニンジャも人の心までは読めないんでな」

「ならばその方法を学ぶことだ。彼は外科医として許せなかったんだ」

「外科医として……？　ゲンロク社の人体改造をか？　あいつがそんなモラリストだっていうのか？」

「モラリストであるかどうかは関係ない」

アキヤマは、歩き出しながら言った。「問題は、彼が根っからの外科医だってことさ」

バリーは何も言わずすぐあとに続いた。

白石がいちばん先にジープにたどり着き、骨董品《こっとうひん》を見るような眼で眺め回していた。

「気に入ったかね」

追いついたアキヤマが訊いた。

「ああ。この燃料とオイルのにおい……。これこそが車なんだ」

「ほう……」

バリーが眉をつり上げた。「若いのにわかったようなことを言うじゃないか」

白石はバリーのほうを向き、何か言おうとしたが、口をつぐみ急にきびしい顔つきになった。

「どうした、坊や？」

バリーが言った次の瞬間、白石の右手が素早く動いた。その手から銀の糸がまっすぐに伸びたように見えた。

誰も動かなかった。

ややあってバリーは、白石が自分に向かって手術用のメスを投げたことに気づいた。

バリーの顔が赤くなった。

「何をするんだ……」

バリーは白石に迫りかけた。

アキヤマがバリーの肩をつかんだ。バリーは鋭くアキヤマの顔を睨《にら》んだ。

アキヤマは地面を指差した。

思わずバリーはそこを見た。サソリが縦にまっぷたつに裂けて落ちていた。

アキヤマが言った。

「あんたの肩に乗っていたんだ」

バリーの表情は怒りから驚きに変わっていた。

白石は言った。

「これで少なくともあんたには借りを少し返せたような気がするな」

バリーは驚愕《きょうがく》の表情のまま言った。

「まさか……。肩の上のサソリを狙ってメスを……」

白石は言った。

「あんたも忍者だったら手裏剣投げくらいで驚かないでよ」

「手裏剣投げ……？」

「そう。僕は知新流手裏剣術の免許皆伝なんだ」

バリーはアキヤマの顔を見た。アキヤマはかすかにうなずいて見せた。

8

ロサンゼルスのチャイナタウンには、車と呼べるものは一台も走っていなかった。中国人はどの国のどの町へ行っても寄り集《つど》い自分たちの文化や生活習慣を変えようとしない。

中国の長い歴史と先祖たちの偉業に大きな誇りを持っているからだった。

ロサンゼルスのダウンタウン北東部にあるチャイナタウンも例外ではなかった。昔から中国独特の赤と緑の色でかいたデザインがアメリカ人たちの眼を楽しませ、また、本場の中国料理が舌を楽しませてきた。

二十一世紀に入ると、このあたりはますます中国色を強めていった。中華人民共和国に返還された香港地区から親類縁者をたよってこのチャイナタウンに新しく渡って来た人々も多かった。

彼らは、香港よりも中国らしさが残っているチャイナタウンに驚き、感動し、逆にチャイナタウンのいっそうの中国らしさを推し進めたのだった。

また最近では、中国の民芸や料理だけではなく哲学を求めてチャイナタウンにやってくるアメリカ人も増えていた。

彼らは『道《タオ》』とは何かを真剣に考えようとしていた。

中国の食事、医学、武術、そして哲学はすべて共通の概念でつながっている。その中心にあるのが『道《タオ》』であることを理解するアメリカ人が増え始めたのだった。

道《タオ》に従えば食事も、薬学も、医学も、武術もまったく同じものだということができる。

したがって、中国の考えかたでは、武術だけを学んでも何の役にも立たないのだ。同じく医学だけを学んでも意味はない。

一時期は、肉体的な強さのみを誇示しようとするフルコンタクトの空手がアメリカ中で大流行した。

ところが、フルコンタクトの空手は、健康上、害があることがわかり始め、一般向きのスポーツとは呼べず、武道としてもあまり意味のないものと見なされ始めてきたのだった。

フルコンタクトの空手家は選手生命が短いのだ。

常にけがをしているため、多くの人々が晩年その後遺症に苦しめられていた。フルコンタクト空手経験者のほとんどが背骨に異常をきたし、半身のしびれなどを年を取って訴えるようになっていた。

そうでない人にも、長年の打ち身やねんざの繰り返しで、ひどい神経痛やリウマチを起こすのだった。

フルコンタクト空手の選手でいられるのはせいぜい三十代の半ばまでだった。

リタイヤした選手は、ほとんどがどこか体をいためて、普通人よりも不自由な生活を送らなければならなかった。

人生のうちほんの一時期野獣のように強くても、それ以外の長い時期を常人より弱い体で生きなければならないものを武道とは呼べない——合理主義的なアメリカ人は、ようやくそのことに気づき始めたのだった。

二十一世紀のアメリカは、日本の古武術や中国拳法に注目し始めていた。

古武術や中国拳法は、鍛えるには長い年月を必要とするが、その代わりに、生きている限り、練習し続けることができるし、稽古を続ける限り技が上達する体系ができあがっている。

生涯武道と呼ばれる由縁《ゆえん》だ。中国拳法や日本の古武術の達人は例外なく老人だった。一番体力のある二十代の選手ではないのだ。

そして、中国の武術は医学と結びついている。

さらに医学は薬学に薬学は料理に結びついているのだ。

チャイナタウンでは、大小のレストランやみやげ物屋の間に、得体の知れない薄暗い小屋のようなものがいくつも見られるようになっていた。

それらの小屋の軒先には、薬草の根や茎、そしてそれらを干したりエキスを粉にしたりした漢方薬がずらりと並べられていた。

酸性雨が降り続けている。

最近ではコウモリ傘より、プラスチックの骨を使った蛇《じゃ》の目が人気を得ていた。コウモリ傘の金属部分は、雨の酸性が強くなったため、すぐに錆《さ》びてぼろぼろになってしまうからだった。

シド・アキヤマは漢字の落書きのある通りを雨に打たれながら歩いていた。

アスファルトの道はひび割れ、そこに雨がしみ込んでいた。

彼は薄手のレインコートを着て、両手をポケットに差し込んでいた。靴はすでにぐしょぐしょに濡《ぬ》れ、水が浸み始めていた。

シド・アキヤマの右側には頭から黄色いポンチョをすっぽりかぶったジャック・コーガ・バリーがいた。

左側には日本風の蛇の目をさした白石達雄がいる。

三階の窓から、老人がこの奇妙な三人を見降ろしていた。店の前の庇《ひさし》の下にすわった若者も、ぼんやりと三人を見ている。

白石がバリーに言った。

「陳隆王《ツエン・ルンワン》がこんなうらぶれた通りに、本当にいるのかい？」

「俺はあんたがアフガンにいることを二日でつきとめ、戦っている戦場を一日でつきとめた」

白石は、左の肩だけをすくめて見せた。

逆にバリーが白石に尋ねた。

「あんたと陳隆王はかつていっしょに組んで、俺とアキヤマの敵に回ったことがあった。日本でのことだ」

「覚えてるさ」

「その後、連絡は取り合わなかったのか?」

「あんたとアキヤマは連絡など取り合ったかい?」

「東洋人は俺たちより義理固いもんだと思ったんだ」

「どこで何をしているか、お互い知らなかったよ」

「あそこの店だ」

バリーは、今にも崩れそうなビルの一階を指差した。そこは薄暗い漢方薬や、調味料、スパイスなどを売る店のひとつだった。

三人は同時に立ち止まった。

「なあ、アキヤマ」

バリーが言った。「陳隆王は、おそらくもう七十歳にはなっている。戦いに呼び戻すのは酷じゃないか?」

アキヤマはやや間を置いてからこたえた。

「それを決めるのは、陳隆王本人だ」

「実際問題として、彼は戦えるのかな?」

「日本で、彼が俺たちをどれだけ苦しめたか忘れたわけじゃないだろう」

「そりゃそうだ……」

「中国人に年齢は関係ないのかもしれん。彼らは俺たちが知らない『気』というものをあやつる」

「その点は、僕が保証するよ」

白石が言った。「あのじいさんだけに関して言えば、確かにアキヤマが言うとおり、年齢などまったく問題じゃないね」

三人が見ていると、店のなかから、やせ細った白人が苦痛に耐えるような表情で現れた。

彼は、三人をまったく無視するように、地面だけを見つめ、雨に濡れて歩き出した。

男が去るとバリーが言った。

「エイズ患者だ」

アキヤマと白石はバリーのほうを向いた。

「こういう店ではエイズや他の慢性病の治療を行なっている。もちろん違法だが、実際には目覚ましい効果を上げている。松ぼっくりか何かのエキスを使うんだそうだ。薬を与え、呼吸法を教える。それだけで、エイズや癌《がん》がどんどんよくなるということだ。さらに、こういう店では、そうした医術とともに武術も教えている。弟子はごくわずかしか取らないがね……」

「レッド・チャイナで失われた伝統的生活が、こういうところで復活しているんだ」

白石が言った。「中国人てのはしぶとい民族だね」

バリーは皮肉な笑いを浮かべた。

「どこの文化でも平気で受け入れちまうお国柄もあるようだがね」

白石は鼻で笑った。

「それも伝統のうちさ。なあ、バリー。こういう店では医術と武術をいっしょに教えているといったな」

「そう」

「陳隆王も弟子を取っているということか？」

「そのはずだ。店に入ってみればわかる」

「俺たちの狙いはその点なんだよ」

アキヤマが薄暗い店のなかをのぞき込みながら言った。「何としても陳隆王を引きずり出さなければならないんだ」

アキヤマが歩き出した。

バリーが続いた。

「ねえ、僕は乱暴なことはいやだからね」

白石はそう言ってから、ふたりのあとを追った。

店のなかにいたのは、やせた若者だった。白い襟なしのシャツに幅の広いズボンという恰好《かっこう》だった。

彼は、アキヤマたち三人の顔を見ても何も言おうとしなかった。

木でできた丸い腰かけにすわり、黙って三人の顔を順に見回した。

「この店ではカンフーを教えているそうだな？」

アキヤマが尋ねた。

中国人の若者の表情は変わらない。

バリーがアキヤマにそっとささやいた。

「こいつ、英語がわからんのじゃないのか？」

「いいや」

アキヤマの代わりに白石がこたえた。

「ちゃんと通じてるよ。僕たちのことを警戒してるのさ」

「陳隆王がこのチャイナタウンでは一番の腕と聞いている」

アキヤマが若者に言った。「陳隆王に話があってやってきた。取り次いでくれ」

しばらく若者はアキヤマを見つめていたが、やがて無表情のまま中国人訛《なま》りの英語を話し始めた。

「陳老師、誰にも会わない。武術《ウーシュー》の弟子もご自分で眼をつけた人しか取らない。用がそれだけなら、帰ったほうがいい」

バリーが歩み出て言った。

「この生意気な青二才は、誰と話をしているかわかっていないらしいな」

バリーはアキヤマの脇をすり抜け、若者に詰め寄った。若者は腰かけたままだった。

「ごちゃごちゃ言っていないで、すぐ陳隆王に、シド・アキヤマが会いに来たと伝えるんだ」

バリーは若者の両肩に手を置き、シャツをつかんで立ち上がらせようとした。

バリーは一九〇センチ、九〇キロの巨漢で、中国の青年はおそらく、バリーより三〇キロは少ないだろう。

バリーの肩と腕の筋肉が盛り上がった。やせた若者は軽々と持ち上げられるはずだった。

しかし、不思議なことに、若者の体はびくともしなかった。バリーは、青年の体が大地に根を張っているように感じた。

「くそっ！」

バリーは、持ち上げるのが無理と悟って、両手で、若者の肩を突き飛ばし、腰かけごと地面に転がしてやろうとした。

だが、気づいたとき、狭い店の床に転がっていたのはバリーのほうだった。

シド・アキヤマはその様子をじっと無表情に観察していた。

白石は、見ていられないというふうに、目を閉じて顔をそむけた。

バリーは尻もちをついたまま青い眼をしばたたいている。青年は表情を変えず、バリーを見おろしている。腰かけたままだった。

バリーはゆっくりと起き上がった。

「こいつはうかつだったな」

彼は言った。「なるほど、おまえさんが、陳隆王に眼をかけられた弟子だったというわけか」

「そのようだね」

白石が言った。「今、その中国人がやったのと同じことを、合気柔術や合気道の達人もやってのけられる。あんたが込める力の方向を自由に変えられるのさ」

「そのようには見えなかった……」

アキヤマが言った。

「そう。技に熟達すればするほど何もしていないように見えるようになる。だが、彼は、微妙に体を動かし、バリーの力を打ち消し、あるいは方向を変えた。中国語では『化勁《かけい》』というんだ」

「『化勁』？」

「そう。チェンジング・フォース——破壊力を変化させるといったような意味だよ」

バリーが立ち上がり、かすかに笑いながら言った。

「こいつはおもしろい。ジャック・コーガ・バリーさまとお手合わせを願おうか？」

中国の青年は言った。

「私は技をひけらかすような真似はしない。また、技を競い合うというのは無意味だ。私が武術《ウーシュー》の技を使うとき、相手が死ぬか自分が死ぬかのどちらかだ。私は老師からそう教わっている」

「バリー、あんたの負けだ」

白石は言った。「さすがに陳隆王の弟子だ」

バリーは肩をすぼめた。この大男は見かけとはちがい、常に自分の感情をコントロールすることができる。

ジャック・バリーが手強いプロフェッショナルでいられる理由のひとつがそれだった。

次の瞬間に起こったことは、バリーと白石の度肝を抜いた。

「ならば、死ぬがいい」

シド・アキヤマはそう言うと、愛用のグロック20ハイパワーをコートのポケットから出し、いきなり引き金を絞った。

二十世紀後半のヒット作であるオーストリアのグロック17の血を引くこの二十連発のオート・ピストルは強力な弾丸を中国の青年に向けて発射した。

そして、その次の出来事は、さらにバリーと白石を驚かせた。

シド・アキヤマが突然後ろ向きに、店の外へ飛び出して行ったのだ。アキヤマは、雨に濡れた路上にもんどり打って倒れた。

店のなかのアキヤマが立っていた位置に、中国の青年が立っていた。

彼は、馬歩《まほ》と呼ばれる、足幅が広く、低く腰を落とした姿勢で、右手を開いたまま、まっすぐに突き出していた。

その顔に血の気はなかった。

じわじわと額に汗が浮かび始めていた。一瞬の間のすさまじい神経の集中を意味していた。

バリーと白石は、今起こったことを、頭のなかでプレイバックしていた。

「いかん!」

白石はすぐさま外へ駆けて行き、アキヤマの脇に片膝をついた。「アキヤマ、動くな! どこを打たれた?」

アキヤマは、胸の中央——膻中《だんちゅう》と呼ばれる急所を左手でおさえながら、身を起こした。ゆっくりとダメージを確かめるように立ち上がる。

白石はさらに言った。

「動いては命取りになるぞ、アキヤマ。やつは開掌《かいしょう》で打った。衝撃は骨を通して体の内側までおよぶ」

白石はアキヤマの体を支えようとした。

アキヤマはそれをふりほどいて店のなかへ入った。

「技を使うときは、生きるか死ぬかだと言ったな」

アキヤマは青年に言った。「これはどういうわけだ? 俺もあんたも死んでいない」

青年がさっとアキヤマからはなれた。彼は明らかに動揺していた。

「そんな……。私は充分な勁《けい》を発した……。生きていられるはずがない」

「ところが、こうして生きている」

アキヤマは、弾き飛ばされても銃を取り落とさなかった。

彼は、右手のグロックを腰だめで構えた。

「もう一度ためしてみるかね？」

青年は、みるみる蒼ざめていった。

グロックの安全装置は、トリガーに組み込まれている。トリガーを引くと、自動的に安全装置は解除される。

アキヤマはわずかにトリガーを絞った。安全装置が外れた。

中国人の若者は、さっと馬歩になった。

空気が凍りついたようだった。

薄暗い店の奥はさらに暗くなっていた。その暗がりのなかから、しのび笑いが聞こえてきた。

バリーと白石は笑い声のほうを見た。

アキヤマと中国人の青年は互いに見すえ合っている。どちらかが動けば、再びおそろしいことが起こるのだ。

店の奥の暗がりから枯れ枝のようにやせた老人が現れた。白髪で額がたいへん広く、顎に白いひげをたくわえている。

「ミスタ陳《ツェン》」

白石が思わず呼びかけた。

「久しぶりだなあ、白石くん……」

陳隆王はにこやかに言った。

彼は弟子に中国語で何かを言った。そしてアキヤマのほうを向いて英語で語りかけた。

「あなたの目的は、この私を引きずり出すことだったのでしょう。ならば目的を達したはずだ。銃をしまってください」

シド・アキヤマは陳隆王の弟子を見つめたままだった。やがて彼はゆっくりと銃を降ろし、コートのポケットに入れた。

青年も眼から殺気を消し去り、姿勢を高くして緊張を解いた。

陳隆王はアキヤマに言った。

「さすがですな。あなたは、鍛え抜いた勘と実戦経験によって、『化勁』とまったく同じことをやってのけられた。つまり、私の弟子が掌打《しょうだ》を発する瞬間に、その力を打ち消すために体を引いた。そのために、私の弟子の掌打は不完全なものに終わった。

また、あなたは、最初から弟子を撃つ気はなかった。わずかに狙いをはずされたのでしょう。でなければ、今ごろ私の弟子は眉間《みけん》か心臓を撃ち抜かれていたでしょう」

アキヤマはこたえた。

「こちらも、彼の腕くらいは撃ち抜く気でいた。そして、ダメージを減らしたものの、おそらく、俺の胸にはひどいあざが残っているだろう」

陳隆王はうなずいて、弟子に言った。

「いつもの湿布薬を調合してさしあげなさい」

弟子は素直に頭を下げて、作業に取りかかった。

バリーと白石は口もきけず顔を見合わせていた。

アキヤマが言った。

「話を聞いてもらいたいのだが……」

陳隆王はアキヤマを見つめそしてうなずいた。

「昨日の敵はきょうの友。友あり遠方より来たる、また楽しからずや、です。奥へどうぞ」

9

店の奥の薄暗がりは、階段のホールになっていた。そのさらに奥にはエレベーターがあったが、故障して久しいようだった。

陳隆王は、そのエレベーターを修理させる気はまったくないらしく、そのあたりは倉庫のように、さまざまな薬草や球根類、干した爬虫類《はちゅう》などを詰めたダンボールの箱が積まれていた。

二階は陳隆王の事務所のようだった。

店の外観にはそぐわないが、コンピューターやファクシミリなどが並んでいる。古い傷だらけの大きな机があり、その上には、すべてのシステムを操るためのキーボードが無造作に置かれていた。

陳隆王は、三階に一行を招いた。

雰囲気が一変した。部屋のなかは明るく、エアコンディショナーで湿気が除かれてたいへんさっぱりとしていた。

深い紅色の絨毯が敷きつめられており、豪華な中国王朝風のシャンデリアが天井から下がっている。

その真下に円卓があり、六つの椅子がそれを囲んでいた。

「驚いたな……」

バリーは言った。「あの薄よごれた店先は、何かのカムフラージュなのか？」

陳隆王は柔和にほほえんで言った。

「カムフラージュ？　いいえ。私は何も隠すものなど持ってはいません。必要なものを必要な場所に置いてあるだけです。店の客は、欲しいものがあれば買っていきます。だから、店を飾り立てる必要はありません。だが、中国人は個人的な客をひじょうに大切にします。客をもてなす場は、失礼のないように居心地よくしておく必要があります」

バリーは白石に尋ねた。

「これが東洋的な合理主義というやつか？」

「僕に訊かないでよ。日本と中国は違うんだから」

「へえ、そうなのか？　俺は長い間日本に住んでいたが、そこんところの区別がまだつかない」

「さあ」

陳隆王が一行をテーブルへ招いた。「腰かけてください」

陳隆王は、シド・アキヤマを上座に案内し、自分が下座にすわった。アキヤマの右手にバリーが、左手に白石がすわった。

ほどなく弟子が茶を持って現れた。

ついでに彼は、どろりとした黒いものが入っている透明なプラスチックの容器をアキヤマのまえに置いた。

アキヤマはその蓋《ふた》をあけてにおいをかぎ、思わず顔をしかめた。

陳隆王が言った。

「それをガーゼのような布に塗って、一日一回湿布してください。傷の熱と痛みはすぐに治ります。わが門派の秘伝の薬です」

アキヤマはその容器を脇によけて言った。

「われわれは、旧交をあたためにここへやってきたわけではない」

陳隆王は、柔和な表情を崩さなかった。

彼は、アキヤマ、バリー、白石の顔を順に見回した。

「ここにそろっているメンバーは、おそらく西側で最も腕の立つプロフェッショナルの戦士です」

陳隆王はアキヤマに眼を戻した。「アラン・メイソン、ジョナ・リー、トニー・ルッソ、ホーリイ・ワン——この四人がいなくなった今となっては、ミスタ・アキヤマ、あなたがナンバーワンでしょう」

アキヤマは陳隆王をじっと見つめ返した。

「その四人のことについて何か知っているのか？」

「あなたがたはそのことでこの私のところへ来られたのだと思うが……？」

白石とバリーがそっと顔を見合わせた。

アキヤマが言った。

「どの程度まで知っている？」

「レッド・アメリカの死体のピラミッド。アブドル・カッシマーの死……」

「たいしたもんだ」

バリーがつぶやいた。「どの国の情報担当機関もこの件に関しては極秘扱いしてるってのに……」

陳隆王はバリーを見た。

「だが、あなたは知っていた——そうでしょう？」

「情報収集力は俺の専売特許だからな」

陳隆王はうなずいた。

「昔は人の噂が思わぬ知らせを運んできました。今は、光や電子がそれを運んでくれます」

バリーにはぴんときた。

「あんた、ハッカーのことを言ってるのか？　ハッカーから情報を買っているというわけか？」

陳隆王はかぶりを振った。

「年寄りが機械に弱いという固定観念に、あなたはとらわれているようですな」

「じゃあ、あんたがハッカーだというのか？」

「そう。退屈しのぎにはあれ以上のものはありますまいな……。私はもうただ死を待つだけの年寄りです。ただ意味のない時間だけが残されているのですよ」

「俺が作り上げたネットワークに侵入してるんじゃないだろうな？」

「申し訳ないが二度ほど……」

「おい」

バリーはアキヤマに言った。「このじいさんは、俺の大切な庭園のなかをこっそりのぞき見したんだ」

アキヤマは陳老人を見つめていた。

「そのほかに知っていることは?」

「それ以上は何も……。実は、さっき言ったふたつの事件が、例の四人に関係しているということを知っているに過ぎないのです。実際に手を下したのは誰なのか――そういうことは知らないのですよ」

「実際に手を下したのは、さきほどあなたが言われた四人だ」

陳老人の表情がふと曇った。

「アラン・メイソンたち四人が生きていると……?」

「生きている。しかし、昔のままの彼らではない。そして、あのふたつの事件は、彼ら四人だけで実行されたものだ」

陳隆王は、再び三人の顔を見回した。そして眼をしばたたいて、わずかに身を乗り出した。

「興味あるお話ですな……」

「聞く気はおありかな?」

「ぜひ聞かせていただきたい」

アキヤマは話した。

話を聞くにつれ、陳隆王の眼の輝きが増してきた。

話を聞き終えると彼は言った。

「つまりこういうことですか？　あなたがたはこの年寄りに、あの世への花道を用意してくれると……」

「あの世への花道？」

白石が言った。「俺たちより長生きしそうなくせに……」

「死に場所を提供するために話したわけじゃない」

アキヤマが言う。「あくまでも、俺はあなたを戦力と考えている。俺とバリーは、日本で、あなたとシライシにたいへん苦しめられた」

「だが、結局、あなたたちを捕らえることも殺すこともできなかった」

「俺はあんな思いをしたのは初めてだった」

あるウイルスの保菌者を巡る戦いが世界各地で繰り広げられたことがあった。

その戦いのために、アキヤマとバリーは日本で手を組んだ。

そのとき、日本政府は、厚生省の下に極秘扱いの特殊部隊を設置し、アキヤマらに対抗した。

白石と陳はそのときの主要メンバーだったのだ。

陳は言った。

「私は中華民国軍の将校でした。有名な言葉があります。老兵は死なず、ただ去りゆくのみ――。老兵になってみると、この言葉の淋しさが痛いほどわかるものです」

白石が尋ねた。

「平穏な生活に満足していないという意味？」

陳は白石にほほえみを見せた。

「人種が違うのだよ。平穏で安全な生活を求める人間たちとは……」

「それはわれわれとあなたが同じ人種に属しているということだ」

アキヤマが言った。「つまり、いっしょに戦うという意味だと考えていいのだな？」

「いっしょに行こう。あなたは生きたまま埋葬されているようなこの生活から私を救い出しに来てくれたのだ」

「この店はあの弟子にまかせるのかね？」

バリーは尋ねた。陳隆王は言った。

「まかせるのではなく、譲ることにします。生きて帰る気などありませんからね」

「またそういうことを言う」

白石が渋面を作る。「似合わないいんだってば……」

陳はアキヤマに訊いた。

「メンバーはこの四人だけなのですかな？」

「もうひとり考えている」

「当ててみましょうか？　ギャルク・ランパでしょう？」

「中国武術では心のなかを読むことも学ぶのだろうか？」

「そうではありません。この世界を知る者なら必ずこう考えるでしょう。あなたがた三人の他にはギャルク・ランパしかいない、と」

アキヤマはバリーに言った。

「そういうわけだ。次はギャルク・ランパに会いに行かねばならない」

「二、三日の時間と、ネットワークを動かすコンピューターが必要だ」

陳隆王が申し出た。

「私の事務所を使ってください。きっと満足いく機械がそろっています。出発まで、皆さん、ここに滞在するといい」

アキヤマは考えてから首を振った。

「いいや、なるべくみんな別々にいたほうがいい。何が起こるかわからないからな……。俺とシライシは、別々の場所に泊まることにしよう。三日後の正午、ここで会おう」

「なるほど」

陳老人は感心したように言った。「なぜこの世界でシド・アキヤマが有名なのか、その理由が少しだけわかったような気がします」


チベット国内の独立運動は、ガスの種火のように細々と続いていたが、ここのところ、激しさを増してきていた。

誰かがガスの栓をひねり、一気に独立闘争の炎を燃え上がらせようとしているのだった。

その誰かのなかのひとりがギャルク・ランパだった。

このチベット人は変わった経歴を持っていた。

幼いころ、ラマ教の苦行に耐え、成人するまえに、ラマ教の最高の境地である『第三の眼』の開眼を果たしたということだった。

ラマ教の根本思想は転生だ。チベットの最高指導者ダライ・ラマも血縁で選ぶのではない。高僧たちが瞑想《めいそう》と儀式によって、チベット国内から『生まれ変わり』を探し出すのだ。

したがって、代々のダライ・ラマが存在したが、その魂は、ただひとりのものということになっている。

ギャルク・ランパは幼いころ、高僧の霊視によって、きわめて位の高いラマ僧の転生者であることをつきとめられた。

彼は乞《こ》われてラマ教の寺院に入った。

それから、まるで拷問としか思えぬ苦行が始まった。

修行の基本は瞑想だったが、あるときからギャルク・ランパは額に何種類もの薬草を押しつけられるようになった。

そしてついに、決定的な苦行が始まったのだった。幼いランパは手足を何人ものラマ僧におさえつけられ、ひとりの僧に両膝で首をはさまれた。

ひとりの高僧がそれを監督していた。

額に薬草を押しつけられた後、ランパは、U字形をした鉄の器具で、額に穴をあけられたのだ。

ドリルで穴を掘るように、本当に皮を裂き、肉を掘り、頭蓋骨をけずったのだった。

普通なら苦痛のために発狂するか、ショック死してもおかしくない行為だ。しかし、ギャルク・ランパは苦痛を感じなかった。僧たちが、念を送り苦痛を取り去っているのだった。

それは一種の心霊治療だった。

額にうがたれた穴に、薬草をまぶされ、火で消毒された銀色の木片のようなものが押し込まれた。

そのとき、ランパは、頭のなかに、すさまじい閃光《せんこう》が走るのを感じた。

これが『第三の眼』の開眼だった。

三十を過ぎた今でも、彼の額にはその荒行の痕跡《こんせき》がはっきりと残っている。

荒行によって『第三の眼』が開けるとは限らない。彼がその境地に至ったということは、超常能力者としての才能を持って生まれてきたことを意味しており、おそらくは、高僧の生まれ変わりであることを証明しているのだ。

成人するとギャルク・ランパは寺院を出た。その後、どんな生活をしていたかを知る者はほとんどいない。

数年後、彼は、チベット独立運動——正確に言うと領土奪還闘争の英雄として人々のまえに現れた。

チベットで独立運動のデモがひんぱんに行なわれるようになったのは、八十年ほどまえ——一九八〇年代後半のことだ。

チベット自治区の首都ラサで、ラマ教の青年僧たちが独立を叫び立ち上がった。チベット人たちによる大がかりなデモ隊がすぐさま組織され、人民中国政府の警官隊や人民解放軍兵士と衝突した。

武装警官隊の治安部隊は強硬策に出た。デモ隊に向けて発砲し、死傷者を出したのだった。

さらに、人民解放軍の活動が強硬策に拍車をかけた。

長い中国の歴史を見てわかるように、こういう場合、中国人は絶対に妥協しない。少数民族や異教徒は武力で徹底的に弾圧して服従させようとするのだ。

長い間、チベット人は銃による弾圧に対し、デモ行進や、せいぜい投石だけで抵抗してきた。

チベット人の心のなかにはダライ・ラマ十四世が常に存在していた。

ダライ・ラマ十四世は、独立運動を支持しながらも、非暴力を貫きたいという立場を取るために苦慮していた。

チベット人たちはその悩みを理解していたがために、武装蜂起《ほうき》ができずにいた。

そういったこぜり合いが長年続いた。

その後、中国の懐柔策があったり、また再び強硬策があったりと、チベット独立問題は一進一退を続けながら半世紀以上が過ぎていった。

ダライ・ラマも十四世から二代変わり、十六世が即位していた。

そして、疲れ果て、独立の気運が失《う》せかけていたチベット人たちのまえに、ギャルク・ランパが武器を手に現れたのだった。

ギャルク・ランパは、国外から帰ってきたのだった。彼はチベット人に武器と戦う方法を与えた。

独立の気運は一気に、そして今までなかったほど強く盛り上がった。

チベット人たちは、ギャルク・ランパによってしぶとい山岳ゲリラと化した。

人民解放軍は、これに対し、徹底抗戦の態度で臨んだ。チベット自治区の首都ラサや第二の都市シガツェは、たちまち世界の主要紛争地帯の仲間入りをした。

インドのチベット行政区にいるダライ・ラマ十六世は立場上ギャルク・ランパのやりかたを認めるわけにはいかなかったが、心情的には支持していることは誰にでもわかった。

そのため、ギャルク・ランパは、自分はダライ・ラマ十六世の戒めを破った罪人であると公言していた。

しかし、独立の希望に燃えるチベット民衆は、かえって非運の英雄という形で彼を受け入れたのだった。

『チベット独立戦線』の基地は、ラマ教の総本山ジョカン寺に置かれていた。かつてこのジョカン寺前広場には中国政府の警察署があり、また、ジョカン寺の二階には地方政府と共産党事務所があったのだが、ギャルク・ランパ率いる『独立戦線』が武力により制圧し、中国勢力を駆逐したのだった。

ジョカン寺は約一世紀ぶりに、チベット民族の手に戻されたのだった。

二階の居室で、ギャルク・ランパは各地の戦況の報告を聞き、地図に印を書き入れていた。

彼の腰にはトカレフM２０４０型自動拳銃が入ったホルスターが下げられていた。ジョカン寺に武器を持ち込むことに、いい顔をしない者も多かった。特に、年老いたラマの高僧のなかには、露骨にそのことを非難する者もいた。

しかし、ギャルク・ランパはその意見を受け入れるわけにはいかなかった。

彼はあくまでも高僧に対して礼を失しない態度で、罪はすべて自分がかぶる、仏罰があるなら自分が受けると告げたのだった。

突然、ギャルク・ランパは地図から頭を上げた。

報告していた仲間はその様子が気になり、尋ねた。

「どうかなさいましたか？」

ギャルク・ランパは浅黒い精悍《せいかん》な顔を若い『独立戦線』の兵士に向けた。

「いや、何でもない。報告を続けてくれ」

若い『独立戦線』の兵士は戦況の報告を続けた。情況は悪くない――ランパはそう思った。

兵士が出て行ってひとりになると、ランパは、宙を見つめた。

彼は明らかに、かつて出会った強烈な意識の光を感じたのだった。

その複数の意識は確実に近づきつつあった。

ギャルク・ランパはそっとつぶやいていた。

「私を迎えに来た者がいる……」

10

「ひどいな……」

白石はラサの街並を眺めてつぶやいた。「昔のベイルートみたいだ……」

はるか南にヒマラヤ山脈の山並が見える。それを背景に、瓦礫《がれき》の山が続いている。

かつては、二階建ての人家や商店などが並んでいたのだった。

中国はイスラエルなどから技術を輸入し、ミサイルの性能を短期間のうちに急速に向上させた。

現在、中国製のミサイル・システムは世界のなかでも高水準にあった。

ラサの街は、中国本土からの長距離ミサイルの攻撃にさらされているのだった。

「いつまでたっても、どんな時代になっても、人間は戦争をやめようとしない」

陳隆王が言った。「人類という種に組み込まれた安全装置なのかもしれない。同じ種を故意に殺せる動物は人間だけだ。大量に殺せば戦争、少なければ殺人と呼ばれる。レミング死のようなものなのかもしれない。もし戦争がなければ、人間は増えすぎてとうに滅んでいただろう」

「それじゃあ俺たちは、きわめて人間らしい仕事をしているというわけだ」

ジャック・バリーが眠そうな半眼で言った。

「そういう話を聞くと、少しは救われるような気がする」

アキヤマが言った。

「へえ……」

白石がアキヤマを見て、それから、他のふたりの顔を順に見た。「驚いたな。あんたの口から出た言葉とも思えない」

「こういうやつなんだよ」

バリーが白石に言った。「人間というのはたいへん複雑にできている。たいていの人間は自分で自分の感情をもてあましている。そして、それでしかたがないとあきらめている。だが、このアキヤマという男は、そのことに我慢できないんだ」

「へえ、センチメンタルなんだ」

「そう。そして、アキヤマはその一面を捨てずにこの世界のトップに立ったきわめて稀《まれ》な男だ」

アキヤマがちらりとバリーを見た。その眼からは何の感情も読み取れなかった。たいていの人間はその視線に驚くかあるいは恐怖を感じる。

しかし、バリーはもう慣れている。アキヤマはただつまらん話を聞きたくないだけなのだ。バリーにはそのことがわかったので、すぐに話をやめた。

アキヤマが言った。

「この先に見えるのがジョカン寺だ。あの広場のむこうにあるのがそうだ」

「しかし、俺たちがジャーナリストに見えるのかな」

バリーが言った。彼は首からニコンのカメラを下げていた。

「ここまでそれで通ってきただけでいいんだよ」

白石が言った。「どうせギャルク・ランパに会えば僕たちの素性などすぐにわかっちまうんだからね。いや、ひょっとしたら、ランパはもう僕たちのことに気づいているのかもしれない」

バリーは白石達雄をしげしげと見た。

「俺が気に入らないのはその点なんだよ。あいつのオカルト的な力は訳がわからない」

「そう」

アキヤマが言った。「そういう力が、俺たちにはぜひとも必要なんだ」

バリーはアキヤマの顔に眼を移した。

「なるほどわかってきたぞ、あんたが陳老人にこだわった理由が……。テクノロジー至上主義の敵に対抗するために、東洋の神秘的な力やラマ僧のオカルティックな力が必要だと考えたわけだな……」

「ただ、人間の可能性を通常のレベル以上に極めた人材が必要だっただけのことだ。さ、行こう」

アキヤマが先頭に立った。

そのすぐあとに続いたのは陳隆王だった。そして白石達雄が続き、しんがりにバリーが立った。

遠くで銃撃戦の音がする。

アキヤマは、崩れた建物に巧みに身を隠しながら広場に近づいていった。

ジョカン寺の周囲には『チベット独立戦線』の兵士が何人も歩哨に立っていた。

彼らはさまざまな銃を持っていたが、いちばん多いのは、ソ連製のカラシニコフ・アサルト・ライフルとその中国製のコピーだった。

アキヤマは深呼吸してから、ゆっくりと広場に歩み出た。両手を高々と差し上げている。

さまざまな服装をした歩哨が、さっと銃口をアキヤマのほうに向けた。

「止まれ」という意味のチベット語が聞こえた。

アキヤマは五挺のライフルに狙われていた。普通なら、彼が絶対に身を置かない状況だった。これほど危険な立場に追い込まれる自分を、彼は決して許しはしない。

アキヤマは、大声で言った。英語だった。

「誰か英語が話せる者はいるか？　われわれはジャーナリストだ」

歩哨は互いに顔を見合った。返事をする者はいなかった。

アキヤマはさらに言った。

「われわれは四人で来ている。ギャルク・ランパ師にインタビューを申し込みたい」

歩哨のひとりがインド訛りの英語でこたえた。

「四人と言ったな。全員、姿を見せるんだ。両手を上に上げたままだ」

全員言われたとおりにした。

歩哨はさらに言った。

「ゆっくりと近づいてくるんだ」

アキヤマたち四人はひと固まりになって、注意深く歩を進めた。

「会わせてもらえると思うかい?」

バリーがアキヤマにそっと言った。

「ランパ本人の考えひとつだな……」

「待て」

歩哨は命じた。「こそこそと話をするのはよすんだ。これから身体検査をして、身分証明書を確認する」

その歩哨は仲間にチベット語で命じた。三人のゲリラ兵士がアキヤマたちに近づこうとした。

そのとき、寺院のなかから声がした。その声の主は英語でしゃべっていた。

「その必要はない。その四人はジャーナリストなどではない」

歩哨はぱっと振り返った。

ギャルク・ランパ本人が現れた。

英語がわかる歩哨は、アキヤマたちに近づこうとしていた三人の仲間にチベット語で注意を与えた。三人はその場で立ち止まり、ライフルを構えた。

ギャルク・ランパは、トカレフM２０４０型自動拳銃をぴたりとシド・アキヤマに向けていた。

アキヤマは何も言わずにランパを見つめていた。他の三人も同様だった。

ランパは英語でゆっくりと言った。

「私は、この四人が何者であるか知っている。そして、何のためにここへやってきたのかも……」

アキヤマは注意深く相手の表情を見て言った。

「では、われわれが敵ではないこともわかっているはずだ」

「そう。敵ではない。だが、たいへんやっかいな話を持ってきたことは確かだ。そうじゃないかね？」

アキヤマはこたえなかった。

必要以上のことをここでしゃべるわけにはいかなかった。

唐突に、ギャルク・ランパはほほえんだ。彼はトカレフM２０４０を腰のホルスターに戻した。

そして言った。

「わが故郷によく来てくれた。歓迎するぞ、シド・アキヤマ」

彼は、次々と視線を移していった。「そしてジャック・バリー、陳隆王、白石達雄」

「手を降ろしていいかね」

シド・アキヤマが言った。「ひどく疲れてしまっているんだが……」

「もちろんだ。さあ、なかへ入ってくれ」

「肝を冷やしたぞ」

バリーがランパに言った。「トカレフなんぞを向けるんで、いつ暴発するかと思ってな……」

「心配ない。二〇四〇年型はきわめて優秀だ」

一行は、あちらこちらの壁が崩れ、弾痕が生々しく残っているジョカン寺のなかに案内された。

「きわめて邪悪なものを感じていたのは確かだ」

ジョカン寺の二階にあるギャルク・ランパの部屋で、話を聞いたランパはそう言った。

「われわれは君の力が必要だと考えている」

シド・アキヤマが言った。

ギャルク・ランパはアキヤマの顔を見てから、チベットの地図に眼をやった。

シド・アキヤマは、そのしぐさの意味がよくわかった。

彼は今や個人の意志で動ける立場ではないのだった。

ギャルク・ランパは独立運動の象徴であり、指導者なのだった。

「事情はわかる」

シド・アキヤマは言った。「しかし、このままあの四人を放置しておくと、国家の独立どころではなくなるのだ。事実上、ゲンロク・コーポレーションに世界を握られてしまうのだ」

「少々おおげさな気もするが？」

「おおげさではない。事実、ゲンロク・コーポレーション傘下の企業の資本をすべて合わせると、そのへんの国家予算よりはるかに多くなる」

「そう……。少なくとも、わがチベットなど問題ではない」

「そして、彼らは企業の論理で、どの国家も倫理上二の足を踏んでいた、人間の兵器化を実行したのだ」

「サイバー・アーミー」

バリーが説明した。「ゲンロク・コーポレーションの連中はそう呼んでいる。アラン・メイソンたちの戦闘能力が充分評価に値すれば、ゲンロクでは次々と人間の改造を始めるだろう。サイバー・アーミーの量産だ。こいつは、またゲンロクの新しい資金源になるかもしれない」

ギャルク・ランパはバリーの顔をじっと見つめていた。バリーはその眼に、明らかな憤りを発見した。

シド・アキヤマが言った。

「実際にゲンロク・コーポレーションはこの世界の主要なテロ・ネットワークを手中にしようとしている。これは事実上の世界制覇と言ってもいい」

「大宇宙の意志に反する行為だ」

ランパは言った。「許されるべきではない。人間を兵器に改造することも、世界のテロをあやつるような真似も——。それはよく理解できる」

ランパは窓の脇に近よった。窓の外から自分の姿が見えないように気をつけながら、外の景色を見た。

「しかし、今の私には彼らがいる」

ランパは荒涼とした町を見降ろして言った。「あなたたちが私を必要としているように、彼らが——わがチベットの同胞たちが私を必要としているのだ。これは思い上がりではない。今、私は彼らを置いて行くことはできない」

「まだわかってないみたいだね」

白石が言った。「苦労して独立したって、事実上世界の国々がゲンロク社に掌握されちまったら何にもならないんだよ」

「私は理解している」

ギャルク・ランパはあくまでも静かに言った。

「しかし、心から民族の独立を願っているチベットの同胞にそれを理解させることはおそらくできない」

「今、君がいなくなると」

シド・アキヤマが尋ねた。「独立闘争は展開が難しくなるということか?」

「そのとおりだ。もともとチベットの人間は宗教上の理由から、戦いを好まない」

白石が言いかけた。

「でもね……」

その言葉は、アキヤマの制止によって中断した。

白石はアキヤマの顔を見た。アキヤマはギャルク・ランパを見つめている。

白石はアキヤマに抗議しようとしたが、アキヤマの顔つきにはそれを許さない厳しさがあった。

シド・アキヤマは言った。

「われわれも、民衆からその英雄を取り上げることはできない」

「英雄などではない。戦いの方法、そして何よりも戦うことの意味を教える人間がいなくてはならないのだ」

「戦うことの意味?」

陳老人が驚いたように言った。「ラマ僧にそれがわかるのかね?」

「わかっているつもりだ」

「聞かせてもらいたいものだ……」

「信じるものを守るためには戦いが避けられないことがある。大切なのは戦いではなく、それによって何を守るかなのだ。戦いそのものは、本当は無意味だ」

陳老人は何も言葉を返さなかった。

アキヤマは椅子から立ち上がった。彼は手を差し出した。ギャルク・ランパはその手を握った。

会談の終わりを意味していた。

握手をしながらアキヤマは言った。

「われわれがこれから先も、君に助けを求め続けているということを忘れずにいてほしい」

ギャルク・ランパはかすかにうなずいた。

握手を終えると、シド・アキヤマは戸口に向かった。

あとの三人もそれに続くしかなかった。

ドアを開けようとしたアキヤマに、ギャルク・ランパは言った。

「いっしょに行けずに残念に思っている。ここへ来るまででおわかりと思うが、帰路も充分に気をつけてくれ」

アキヤマはドアを開けて外へ出た。三人はアキヤマを追った。

油脂が含まれた毛糸で編まれたセーターを着た『独立戦線』の兵士たちがアキヤマたちを疑い深い眼で見ている。

アキヤマはまったく気にせず出口へ向かった。

バリーがアキヤマに言った。

「何とかこの四人でやるしかなさそうだな」

「しかたがないようだ」

白石が言った。

「ギャルク・ランパが一番変わったような気がする」

三人は白石のほうを見た。

白石は小さく肩をすぼめて続けた。「アキヤマもバリーも陳さんも変わっちゃいない。だが、ランパはまったく変わっちまった。かつてのランパは人の話を聞いているのかいないのかもわからないし、何を考えているかもわからない男だった。今は、自分の考えを何もかもはっきりと口に出すようになっているようだ」

彼らがギャルク・ランパと出会ったのも日本においてだった。

ギャルク・ランパはどちらの陣営にも属さず、ウイルス感染者を守るためだけに戦っていた。

「変わらざるを得なかったのだろう」

陳老人が言った。「祖国がこのありさまだからな……。祖国を追われたり奪われたりするのはたいへんつらく悲しいことだ」

「呑気《のんき》な話をしている場合じゃないぜ」

バリーが言う。「ランパひとり欠けるということは、それだけ俺たちの勝ち目がなくなったということだ」

「けど、報酬の取り分は増えるよね」

白石が言った。バリーは片方の頬だけをゆがめて笑った。

「地獄へ金は持って行けないんだぜ、坊や」

「そうかな？　日本には地獄の沙汰も金次第という諺《ことわざ》があるんだがな……」

「なるほど、それで日本人は命がけで金もうけをしたがるんだな」

陳老人がアキヤマに言った。

「あなたは、ギャルク・ランパを本当にあきらめたわけじゃないのでしょう？」

アキヤマは老人の顔を一瞬だけ見た。そして言った。

「ひとつだけ、ギャルク・ランパといっしょに戦う方法があると思っている」

「なるほど……」

陳隆王はうなずいた。

「どうするんだ？」

バリーが尋ねた。アキヤマは実にさりげない口調で言った。

「アラン・メイソン、ジョナ・リー、トニー・ルッソ、ホーリイ・ワンは紛争地帯や戦場に現れる。それが役目だからだ」

「それで？」

「あの四人が、このチベットに現れればいいのだ」

「俺たちがそう仕組むというわけか？　やれやれ、チベット人に迷惑がかかるな」

「どこで戦おうと必ず犠牲者は出るのだ。その犠牲者のなかには俺たちも含まれるかもしれないんだ」

「まあ、そういうことだな……。それで、手はあるのか？」

アキヤマはバリーを見た。

「これからそれをあんたに考えてもらおうと思っていたんだがな」

バリーは苦い顔で、何か呪《のろ》いの言葉をぶつぶつとつぶやいた。

11

ベルファストの町は、URヨーロッパがかかえている大きな問題のひとつを象徴していた。

イギリスと北アイルランドの抗争は、ヨーロッパが連邦国家として統合された今も続いていた。

イギリス人とアイルランド人にとっては、ひとつの国家に属するという政治的解決はほとんど意味を成さなかった。

北アイルランドのイギリスからの独立は、明らかに根強い民族的な問題であり、宗教的な問題だった。

ヨーロッパ共和国連邦に加盟した後も、イギリスはかつての自国の伝統を守り、スコットランドヤードと呼ばれるロンドン警視庁や、対テロ活動で多くの戦果を上げたSAS（空軍特殊部隊）などの呼び名をそのまま残していた。

もちろん、王室警護の近衛連隊も健在で、URヨーロッパのなかでは、少しばかり特別な地域という印象があった。

驚くべきことに、北アイルランド独立運動を推進しているアイルランド共和国軍（IRA）は、二十一世紀半ばの今日でも活動を続けていた。

アラン・メイソン、ジョナ・リー、トニー・ルッソ、ホーリイ・ワンの四人は、荒れ果てたベルファストの町に姿を現していた。

すでに英国内に侵入していることは、空港の監視コンピューターによって察知され、すぐさま、スコットランドヤードのスペシャルブランチとSASに連絡が行っていた。

もちろん、彼らは別々のルートで入国していた。

アラン・メイソンはヒースロー空港に到着するまで、何度かハイジャック防止用の金属探知機のゲートをくぐらねばならず、そのたびにチェックされた。

しかし、係員は彼の右肘から先が、精巧に作られた義手であるということで納得しなければならなかった。

トニー・ルッソ、ホーリイ・ワンもほとんど同じ理由で自由に旅をすることができた。

何も知らない下級係員のなかには、アラン・メイソンに同情を示す者さえいた。

海路でイギリスに渡ったジョナ・リーは、ほとんどチェックを受けずに済んだ。

　ＳＡＳから、四人の入国のニュースは、即刻ＵＲヨーロッパ情報部のＢＮＤとインターポール（国際刑事警察機構）に送られ、ほぼ時間を置かず、この件の担当である日本のＪＩＢ——内閣官房情報室に知らされた。

　黒崎高真佐は、また面倒なことが起こることを予告されたというわけだった。

　彼は、滅多に感情に行動を左右されることはなかったが、今は明らかにあせりを露《あら》わにしていた。

　彼はほんの一瞬だけ、方法を間違えたのではないかと後悔した。

　金で雇えるフリーランスなどではなく、国家の正規の軍隊と情報部でアラン・メイソンたちに対処するべきではなかったのかと考えたのだ。

　しかし、その考えをすぐに打ち消した。その点については何度も検討を重ねたのだ。東西どちらの陣営にも与《くみ》せず、したがって世界中のどこでも平気で戦い続ける人間たち——そういう連中が必要だったのだ。

　そして、各国の専門家は、フリーランスのなかにこそ国の軍隊では見つからないような優秀な戦士がいることを暗に認めていた。

　それがシド・アキヤマのような男たちなのだった。

　主義主張そして昇進や待遇、任期などまったく気にせず戦い続ける男たち——。

しかし、彼らは扱いにくいのも確かだった。命令ひとつでどこへでも、というわけにはいかないのだ。彼らのやりかたに口を出すわけにもいかない。

黒崎情報室長は、シド・アキヤマから一度も連絡がないことに苛立っていた。シド・アキヤマから、官房情報室、あるいは内閣官房内のいずれかの組織に連絡が入ったら、最優先で情報室長へつなぐよう徹底してあった。

黒崎はスコットランドヤードのスペシャルブランチ、およびSASから指示を仰がれていた。

アラン・メイソン一味に対しては、どの国家も単独では対処せず、必ず系統だった動きをするように西側諸国では密約が交されていた。

黒崎は、正式にJIB室長名で彼らへの返答を伝えた。その言葉は光通信のネットワークを通じて、文字となって相手のコンピューターのディスプレイに現れた。

「アラン・メイソン一味に対しては、徹底抗戦の態度で臨んでいただきたい。彼らは四人で陸軍一個中隊以上の戦力があると思われる。なお、戦闘の際には、彼らの戦闘能力の記録を何らかの形で残していただきたい。現在、シド・アキヤマを中心とする特殊部隊を組織し、派遣する準備を進めている。以上」

その文章を送った直後、黒崎のデスクの電話が鳴った。

秘書官のひとりが受話器のむこうで言った。

「シド・アキヤマさまからお電話です」

「すぐつなげ」

三秒ほど無音の状態があり回線がつながった。

「シド・アキヤマだが……」

「すばらしいタイミングですね。今、あなたたちのことをイギリスへ知らせたところですよ」

「しまりのない文章だった。SASは満足すまい」

「なるほど。偶然にしてはタイミングが良すぎると思いましたよ。どこかで私たちの通信をモニターしたのですね」

「バリーにとってはたやすいことだ」

「ではどんな状況なのかおわかりでしょう」

「わかっている。こちらはすでにイギリスへ立つ用意を進めている」

「チーム作りはうまくいったという意味ですか？」

「その点について、ひとつ、あんたにたのみがあるんだが……」

「ほう……。シド・アキヤマからのたのみとあらば、きかぬわけにはいきませんな」

「安請け合いしないほうがいい。ジャック・バリーが言い出したことだからな……」

「多少無茶な話だという意味ですね」

「この電話はだいじょうぶだろうな」

「その点は保証しますよ」

「中華人民共和国と秘かに連絡を取ってもらいたい」

「ほう……」

「人民解放軍の助っ人として、アラン・メイソンたち四人を雇い、チベットの紛争地帯に送り込むようにしむけてほしい」

「なるほど、無茶な話です。たかが日本の情報機関にそれほどの力があるとお思いですか？」

「ＪＩＢにやれと言ってるわけではない。何とかできる人物を動かしてもらいたいのだ。これは大切なことだ。われわれの生死に関《かか》わる問題と考えてくれていい」

黒崎高真佐は素早く思考を巡らせた。

「チベット……。ギャルク・ランパですか？」

「そう」

アキヤマは黒崎の口からランパの名を聞いても驚いた声は出さなかった。「われわれにはギャルク・ランパが必要だ。しかし、彼はチベットの独立運動にしばりつけられている」

西側の国ならば交渉の余地はいくらでもある。相手が中国という点が問題だった。しかし、黒崎が、ここで泣き事を言うわけにはいかなかった。

「すみやかに手を打ちましょう。ところで、メイソン一味をチベットに送り込めということは、北アイルランドでは彼らを倒す見込みはないということですね？」

「まったくない。俺たちはＳＡＳの力を借りて、相手の手の内を見るのが精一杯だろう。今回は前哨戦なのだ」

「わかりました」

「またこちらから連絡する」

電話は切れた。

受話器を置くと黒崎は、椅子の背もたれに体をあずけて、眉間にしわを寄せた。

彼は苦慮していた。

問題はきわめてデリケートだった。他国の紛争地帯について干渉することを意味しているのだ。

しかも、中国に憎まれ役をたのまなければならないのだ。

外交の専門家にまかせるべきだろうか——黒崎は考えた。すぐにその考えを否定した。

それでは時間がかかり過ぎる。この際、大使館や外務省の官僚たちは外して考えねばならない。

微妙な問題ほど奇策を用いず、最も単純な方法で対処すべきだと彼は思った。

黒崎は意を決して受話器を取った。彼の秘書官が出た。

黒崎は言った。

「内閣総理大臣に面会を申し込んでくれ」

雨が上がったばかりで、石畳の路面が細々とした酒場の明かりを反射していた。

どこかで銃声が聞こえる。それが「ベルファストの子守り歌」と呼ばれるようになってから久しい。

アラン・メイソンは、古い酒場に足を踏み入れた。

酒場にいた人々はまずアラン・メイソンの不気味な雰囲気に気づき、次に、続いて店に入ってきたジョナ・リーの美しさに息を呑んだ。

ジョナ・リーは、さまざまな人種の血のブレンドが作り出した最高の芸術品だった。

彼女は、美しいエメラルドグリーンの眼で、店内を眺め回した。

どんなに時代が変わっても、この種の店は変わろうとはしない。何百年も同じ形式、同じ雰囲気を守りながら、同じ酒を売り続けていくのだ。

アラン・メイソンとジョナ・リーはカウンターに近づいた。

そのカウンターの両端には、トニー・ルッソとホーリイ・ワンが素知らぬ顔をしてもたれかかっていた。

トニー・ルッソはウイスキーを、ホーリイ・ワンはビールをまえに置いていたが、ふたりともほとんど飲んだ様子はなかった。

アラン・メイソンはバーテンダーに言った。「最高のウイスキーと、最高のビールと、あんたならどっちをすすめる？」

バーテンダーは、茶色の髪に黒い眼をした三十代後半の小柄な男だった。

彼は顔色ひとつ変えずにこたえた。

「われわれは世界で最初に最高のウイスキーを作り出した」

アラン・メイソンはうなずいた。

合い言葉の交換が終わったのだった。

バーテンダーは店の一番奥にあるドアを指差した。

「あのドアのむこうで、最高のアイリッシュ・ウイスキーをごちそうしよう」

アラン・メイソンとジョナ・リーは顔を見合わせた。ジョナ・リーがかすかにうなずく。

トニー・ルッソとホーリイ・ワンは、さりげなくその様子を見ていた。

アラン・メイソンはバーテンダーが指差したドアに向かって進んだ。ジョナ・リーがすぐあとに続いた。

アラン・メイソンがドアを開けた。とたんに彼はドアを閉じて床に身を投げ出した。

サブマシンガンの発射音がして、たちまちドアは穴だらけになった。

その瞬間に、間抜けな顔でジョナ・リーに見とれていた店の客たちが変貌《へんぼう》した。

彼らはいっせいに立ち上がると、マシンピストルを出して撃ち始めた。

ジョナ・リーはテーブルのひとつを倒してその陰に飛び込んでいた。

奥のドアが開いてサブマシンガンを構えた男が現れた。イギリス製のスターリング・サブマシンガンだ。もうじき消えゆく運命にある旧時代のマシンガンだった。

店内の客を装っていた連中は、それに対して、H&K社の比較的新しいタイプのマシンピストルを使っていた。

隠し持つ必要があったため、小型の機種を選んだのだろう。

店内はすさまじい銃声と硝煙のにおいに包まれたが、それは、ほんの一瞬のことだった。

ジョナ・リーが片手を上げると、そこから小さな落雷のような放電が起こった。

放電は店内で撃っていた男たちの銃に向かって起こったのだった。

三人の男がたちまち吹っ飛んだ。

ほとんど同時に、奥のドアの方向に向けて、トニー・ルッソが左手薬指の超小型ミサイルを飛ばした。

戸口にいた男の腹のあたりでミサイルは爆発し、男はばらばらになった。

床をころがっていたアラン・メイソンは、五指をそろえて、最大出力でレーザーメスを近くの男に集中させた。

その男は両方の眼球を焼かれた。銃を取り落として、叫ぶ相手にさっと近づき、メイソンはその男の喉をさっと切り裂いた。

レーザーメスによる切り口からはほとんど血が出ないが、大動脈を切断した場合だけは別だ。

喉を切り裂かれた男の首からはおびただしい量の血液が噴き出した。彼はたちまち絶命した。

ホーリイ・ワンはカウンターを飛び越え、銃を出そうとしていたバーテンダーの頭にセラミックの肘を叩き込んでいた。

バーテンの頭蓋骨は陥没し、脳挫傷の致命傷を負った。彼はオートマチックの安全装置を外すまえに息絶えていた。

店のなかはすでに静まりかえっていた。

四人は、倒した敵を爪先《つまさき》で蹴って生死を確認した。戦場における習慣だった。

生きている敵はひとりもいなかった。

店内はフルオートで掃射された弾丸でささくれ立っていた。

ジョナ・リーは、眼の色に合わせて緑のぴったりとしたジャンプスーツを着ていたが、どこかに引っかけたらしく、膝のところが破れていた。彼女は小さく舌を鳴らした。

出入口の戸が音を立てて開いた。

黒いだぶだぶのジャケットを着て、ディアストーカーをかぶった男がアラン・メイソンに向かって叫んだ。

「こっちだ。早く」

彼は、まだ十七、八の少年だった。アラン・メイソンは冷やかな眼で彼を見つめ、ただひとこと言った。

「何者だ？」

少年は一度外の様子をうかがってから、苛立った様子で言った。

「ミック・パターソンのところの者だ。案内するから早く」

「ミック・パターソンとはここで会う予定だった。どういうことだ？」

「情報が洩れたんだよ。そこで死んでるのはみんなSASの連中だ。早く。ここはモニターされてる。きっとすぐに援軍が来る」

アラン・メイソンは、トニー・ルッソ、ホーリイ・ワンのふたりと素早く目配せをし合った。

「やつらは合い言葉を知っていた」

「情報を得るためにはSASは何だってやるさ。IRAのメンバーだって、みんなタフな戦士ばかりじゃないんだ。とにかく早く……」

「いいだろう……」

アラン・メイソンは戸口へ向かった。

あとの三人は急いでそのあとを追った。

少年は湿った裏路地を進んだ。まるで迷路のようで、初めてこの街を訪れた者は絶対に通り抜けられそうになかった。

ときには、小さなレストランの厨房《ちゅうぼう》を通り抜けたりした。

少年がたどりついたのは、ビルとビルの間にうずもれたように建つ、古いカトリック教会だった。

「ここだよ」

少年はまっすぐに聖堂へ向かった。ドアを叩くと、すぐに両開きの戸が開いた。

司祭服を着た男が薄暗がりを背にして立っていた。

「客を案内してきた」

司祭らしい男は、少年の後方を見た。そして、すぐにうなずき、一行を教会のなかに招き入れた。

彼は、ドアを閉じると厳重に鍵をかけた。

「よく来てくださった」

司祭は言った。

アラン・メイソンは冷たく言った。

「われわれは祈りに来たわけではない。ＩＲＡの指導者のひとり、ミック・パターソンに会いに来たのだ」

司祭は、忍び笑いを洩らした。

「アラン、まだわからないのかね」

アラン・メイソンたち四人はその言葉に驚き、初めてしげしげと司祭を見つめた。

司祭の丸かった背がまっすぐになった。

すると、たちまち印象が変わった。アランは、その男がたいへん体格のいいことにそのとき初めて気づいた。

司祭は、つけひげを取り去って見せた。

髪は銀粉とグリースで入念に染めたものであることがやがてわかってきた。

アラン・メイソンはつぶやいた。

「ミックなのか……」

「訊くまでもない」

ミック・パターソンは握手をしようと手を差し出した。

アラン・メイソンは小さくかぶりを振った。

「どうしたんだ、アラン。昔の戦友と握手もしてくれないのか？」

「そうじゃないんだ」

メイソンは、左手で右手首のあたりをつかんだ。微妙にひねりを加えると、すっぽりと右手を抜き取って見せた。

右手首には、複雑な接点がずらりと並んでいた。精密な電子部品であることを物語っている。

ミック・パターソンは悲しげに首を振った。

彼は、そのことについてそれ以上何も言わなかった。

「こっちへ来てくれ」

パターソンは、四人に背を向けて聖具室のほうへ向かった。

聖堂は、古いがよく手入れされていて、清潔なにおいがしていた。

正面には立派なイエス・キリストの像があった。アラン・メイソンはその像を見上げ、神聖な空気をそっと胸いっぱいに吸った。

祭壇のまえを通るとき、メイソンは反射的に聖水に指をくぐらせていた。

同じことをした者がもうひとりだけいた。

トニー・ルッソだった。

ミック・パターソンはそれを見ていたが気にしなかった。

聖具室を通ると、居住区になっていた。ひとりで暮らすのにちょうどいい広さだった。

一行は居間へ行った。

トニー・ルッソが言った。

「よくこんな隠れ家を手に入れたものだな」

ミック・パターソンは平然と言った。

「何の問題もない。私は正式にバチカンからここの教区をまかされている」

アラン・メイソン以外の三人は驚いた。

パターソンが言った。

「知らなかったかね。私は本物の神父なんだよ」

12

「コーヒーはない。紅茶だけだ」

ミック・パターソンが一同に言った。

アラン・メイソンたちをこの教会まで案内した少年が人数分のカップを厚い松材の

一枚板を使ったテーブルに並べ、ポットを持って注いで回った。

「ポール・ジェラードだ」

ミック・パターソンが紹介した。

「若そうだな」

トニー・ルッソが言った。

ミック・パターソンはうなずいた。

「確か十七になったばかりのはずだ」

「IRAは託児所もやっていたのか？」

ポールの手がさっと動いた。その手にチェコスロバキア製のVz36が握られていた。手品のようなあざやかさだった。銃口はぴったりとトニー・ルッソのほうを向いている。

ルッソは危険な笑いを浮かべた。

「いいしつけだな、おい」

彼はポールを見ながら言った。「だが、相手を見ることを知らなければいけない」

ポールは、店でのことを思い出したらしい。蒼白《そうはく》な顔になってVzの二〇三六年モデルを引っ込めた。

トニー・ルッソは大笑いした。

「俺はこいつが気に入ったぜ、パターソン」

「そう」

ミック・パターソンは言った。「ＩＲＡにはこうした理想に燃え、誇りを失わない若者がかつてたくさんいた」

「いつの話をしている？」

アラン・メイソンは冷たい皮肉な笑いを浮かべた。

「一世紀近くも昔の話だろう？　二十世紀後半からのＩＲＡは、アイルランド国民からも迷惑がられたただのテロ組織だ。イギリス政府からも、アイルランド政府からも犯罪者扱いされてきた。違うか？」

「私たちは立て直しをしてきた」

ミック・パターソンは真顔で言った。「第二次世界大戦以前の民衆の賛同と協力を得られるＩＲＡに、われわれは戻らねばならない。アラン、おまえが初めてわれわれと戦い始めたときも、そう考えていたに違いない」

ジョナ・リー、トニー・ルッソ、ホーリイ・ワンの三人が、同時にアラン・メイソンの顔を見た。

メイソンの表情にまったく変化はなかった。

トニー・ルッソが尋ねた。

「さっきから気になっていたんだが、あんたとミック・パターソンは浅からぬ因縁がありそうだな。初耳だぞ」

アラン・メイソンは、トニー・ルッソを見ず、ミック・パターソンを見つめたままこたえた。

「そう。俺が生まれて初めて戦ったのはＩＲＡとしてだった。ちょうどそこのポールくらいの年齢だったな。ミック・パターソンはそのときの仲間だ」

「あのころのＩＲＡはひどかった――」

ミック・パターソンは言った。「ただのテロ集団だった。誰彼おかまいなしに銃弾を撃ち込み、爆弾で吹っ飛ばした。二十一世紀に入って、ＩＲＡのなかにも見直しの気運が生まれ始めた。私は、今では無差別テロを許してはいない。我々の相手はあくまでイギリスの帝国主義者たちなのだ」

「そうだな」

アラン・メイソンが言った。「そのために俺たちがやってきた。俺たちは、ベルファストの町から、イギリスの警官や兵士を一掃してみせる」

「あんたからその申し出があったときは、正直言って迷ったのだ」

ミック・パターソンは言った。「しかし、これもひとつのチャンスだと考えるようになった。ベルファストでわれわれが勝利すれば、組織の立て直しもやりやすくなるだろう。ＩＲＡに規範を取り戻す余裕が生まれるかもしれない」

アラン・メイソンはうなずいた。

「どう考えようとわれわれはかまわない。報酬さえいただければな」

「だいじょうぶだ。現在のＩＲＡは資金には不自由していない」

「ひとつ気になったことがあるんだが……」

トニー・ルッソがパターソンに言った。

「何だね？」

「この教区はあんたのだと言ったな。それは、本当にミック・パターソンの教区という意味か？」

「バチカンでは、ある別の名で呼ばれている。実は、そちらのほうが本名だ。その名の男と、ミック・パターソンが同一人物であることも知る者はいない」

アラン・メイソンは、さめた茶を一口で飲み干した。

「交渉は成立した」

彼は立ち上がった。「明日から……、いや、たった今から、われわれ四人はＩＲＡのために戦うことを約束しよう」

ミック・パターソンはうなずき、尋ねた。

「宿はあるのかね？」

「ある」

アラン・メイソンは言った。「忘れたのか？　ここは古巣だ」

「必要ならポールに案内させるが……」

「絶対にお断りだ」

初めてホーリイ・ワンが口をきいた。香港訛りの英語だった。「俺たちの居場所は誰にも知られたくない。あんたにも、だ」

ミック・パターソンは肩をすぼめてアラン・メイソンを見た。

メイソンはワンに言った。

「この町にいる限り、俺たちの行動はパターソンに筒抜けなんだよ。ミックは気を遣って言ってくれただけなんだ」

ホーリイ・ワンは不愉快そうに眼をそらした。

メイソンはパターソンのほうを向いた。

「だが、ホーリイの言いたいこともっともだ。プロフェッショナルの当然の心がけだ。気を悪くせんでくれ、ミック」

「かまわんさ」

「では、これで失礼する」

「作戦が決まったら、ポールに知らせにやらす」

パターソンはにやりと笑った。「あんたが言うように、どこにいようと、この町にいる限り、あんたを見つけ出すことができる」

アラン・メイソンはうなずいて、仲間の三人に眼で合図した。

ポールがすかさず先に立ってドアを開けた。

聖堂を出ると雨がまた降り始めていた。

アラン・メイソンたちの背後で聖堂の戸が固く閉ざされた。

「教会の戸は、いつでも万民のために開かれているものと思っていたがな」

ホーリイ・ワンが言った。アラン・メイソンがこたえた。

「北アイルランドは例外なんだ。寛大に戸を開いていると、そこから銃弾が撃ち込まれる」

四人は歩き出した。

歩きながらも各人が常に周囲に気を配っていた。誰かに監視されていないか、尾行されていないか――。

それはすでに彼らの日常の習慣となっていた。

トニー・ルッソは、何ごとか迷っているようだった。アラン・メイソンに言いたいことがあるのだった。

メイソンはそれに気づいていたが、無視していた。

ついにルッソがメイソンに言った。

「あいつは人がいい」

メイソンは何もこたえなかった。ルッソは続けた。

「ミック・パターソンのことだ。あいつは俺たちに平気で背を向けた。こちらからの申し出も快く受け入れた。よくIRAの指導者のひとりがつとまるな」

「自信があるんだよ」

メイソンが口を開いた。「あいつは見かけとは大違いだ。おそろしい男だ。あいつの背後で怪しい物音を立てたら、あいつは一瞬のためらいもなく撃つ。たとえそれが自分の親でも恋人でもだ。やつのおそろしさは、この俺がいやというほど知っている」

「そして、あんたはパターソンと古いつきあいだ」

それがトニー・ルッソの一番言いたい点だった。

「若いころＩＲＡで戦っていたなどということも知らなかった」

「関係ない」

メイソンはまったく感情を込めない口調で言った。

「関係ない？　本当にそう言い切れるんだな」

「当然だ。今回のわれわれの仕事は、ミック・パターソンを消すことなのだからな」

「そいつを」

トニー・ルッソは言った。「その点を確認しておきたかったんだ」

それきり四人は宿につくまでひとことも口をきかなかった。

「アラン・メイソンたちの狙いはミック・パターソンだって？」

シド・アキヤマはジャック・バリーを見つめて珍しく驚きの声を上げていた。

そこはグラスゴーの小さなホテルの一室だった。

陳隆王と白石達雄はわけがわからず、アキヤマとバリーの顔を交互に見つめていた。

「何かの間違いじゃないのか？　メイソンたち四人はパターソンと接触するためベルファストに入ったのだろう」

ジャック・バリーがアキヤマにそう言われて自信たっぷりにうなずいた。

「そう。その情報のどちらも間違いじゃない」

「じゃあ、イギリス当局がメイソンたちを雇ったとでもいうのか？」

「違うね。それは現時点ではあり得ない」

「説明してくれ」

「ジョウ・マーティンだよ」

「ジョウ・マーティン……」

アキヤマは、思わず鸚鵡《おうむ》返しにつぶやいた。

「誰だい、それ」

白石が尋ねた。「ふたりとも、何の話をしているのか、ちゃんと話してくれよ」

「ジョウ・マーティンというのはな、坊や」

ジャック・バリーが言った。「ＩＲＡのなかのすこぶる過激な一派を率いている大物だ」

「やつは血に飢えたならず者でしかない」

アキヤマがバリーの言葉を補った。「マーティンには信条も何もない。とにかくプロテスタントの英国人と見れば誰でも殺す。恐怖を与えることがＩＲＡの最大の使命と信じている男だ」

「テロリストの鑑《かがみ》じゃないの」

白石が言った。

アキヤマはきっと白石を睨みつけた。白石は平気な顔をしている。アキヤマはすぐに落ち着きを取り戻した。

「そう」

アキヤマは言った。「絵に描いたようなテロリストだ。そして、ミック・パターソンはそうではない。パターソンは理想と誇りを知っている男だ。彼はＩＲＡを変えようとしている」

「つまりこういうこと？」

白石が尋ねる。「そのジョウ・マーティンという男とミック・パターソンという男は、ＩＲＡのなかで対立しているということ？」

「そうだ。そして、勢力はほぼ二分されている」

「なるほど――」

陳老人が言った。「ゲンロク・コーポレーションとしては、IRAがテロ集団であってくれたほうが都合がいいと……。それで、ジョウ・マーティンと組んで、ミック・パターソンを殺そうと計画したわけですな……」

「そういうことだな」

バリーがうなずいた。「ゲンロクは自分のテロ・ネットワークのなかにIRAを取り込もうとしているのだ。それには、祖国の誇りだの理想だのといったものを振りかざすミック・パターソンが邪魔になるっていうわけなのさ」

シド・アキヤマは考え込んだ。

それと同時にあとの三人も押し黙った。四人は、それぞれの考えにふけっていた。

ドアがノックされた。

アキヤマは腕時計を見た。夜の十時だった。約束の時間だった。

彼はバリーにうなずきかけた。バリーは、ドアの脇に立ち、チェーンをつけたまま、わずかにドアを開けた。そして、一度ドアを閉め直してからチェーンを外し、大きく開けて客を迎え入れた。

五十がらみの背の高い英国人が入ってきた。髪は半白になっているが、かつてはブルネットだったことがうかがえる。

茶色の眼をしており、同系色の背広を着ているが、軍人であることは一目でわかった。

「SASのホッジス大佐」

シド・アキヤマは呼びかけた。「ようこそ」

彼は握手をしようと手を差し出しかけた。

ホッジス大佐は、不敵な笑いを浮かべ、握手ではなく、アキヤマに向かって軍隊式の挙手の礼をした。

彼の表情からは、アキヤマに対する複雑な思いが見て取れた。

ホッジス大佐は、明らかに軍人としてシド・アキヤマを尊敬しているのだ。アキヤマの戦歴をよく知っているに違いない。そして同時に彼は、テロリストとしてのアキヤマを憎悪しているのだ。

ホッジス大佐は言った。

「JIB（日本国内閣官房情報室）から君たちに協力するように言われている。さっそくだが用件に入らせてもらう」

彼は、手に下げていたアタッシェ・ケースを開いた。それはラップトップ型のパソコンだった。

そのパソコンにはレーザーディスクのドライブがついていた。

ホッジス大佐はパソコンからシールド線を伸ばし、ホテルの部屋にあったテレビ受像器につないだ。

レーザーディスクを取り出し、ドライブにセットする。

「これは、ついさっきベルファストで起こった事件です。アラン・メイソン、ジョナ・リー、トニー・ルッソ、ホーリイ・ワンがどんな能力を持っているか、ある程度わかっていただけるでしょう。この映像を取るために、六名のSAS隊員が犠牲になりました」

大佐はテレビのスイッチを入れ、パソコンのキーを叩いた。記憶用のレーザーディスクをビデオディスクとして使用していた。

テレビに、薄暗い酒場の様子が映し出された。

戦いの場面だった。音声はひかえめにしてあったが、フルオートの銃声はその場のすさまじい緊張感を伝えた。

シド・アキヤマ、バリー、白石、陳の四人はじっと画面を見つめている。

ホッジス大佐は、その四人の表情をそっとうかがっていた。

戦いはあっという間に終わった。

「もう一度見るかね？」

ホッジス大佐がアキヤマに尋ねた。

アキヤマはうなずいた。

ホッジス大佐がパソコンのキーを叩いた。たちまち最初の場面にもどった。

「止めてくれ」

アキヤマが言った。静止画面になった。

「わかるか、バリー？」

アキヤマが画面を指差して言った。バリーはうなずいた。

「アラン・メイソンはドアを開けたとたんに次の行動を決定している。瞬時の迷いもない。ジョナ・リーも同じだ。ドアのむこうに立っていたのが敵だとたった一目見るだけで的確に判断している」

「そう。彼は死の直前までいって生き返った。奇妙で大がかりな外科手術を受けたはずだが、動きはまったく衰えていない」

白石が複雑な表情で言った。

「手術の種類にもよるけどね。大手術のあとはどんなにリハビリテーションをやっても、百パーセント運動能力を回復することはまずないんだ。心理的な問題もあってね。

どうしてもけがした箇所をかばうようになるものなんだ。それがスムーズな運動をさまたげる」

「アラン・メイソンやジョナ・リーに限り、その徴候は見られない」

アキヤマは言った。「オーケイ。続けてくれ」

ホッジス大佐がキーを叩き、画面が動き始めた。

「ストップ」

再びアキヤマが言った。「ここで、ほぼ三人が同時に反撃してくる」

バリーは眉をひそめた。

「ジョナ・リーの手から放電しているように見えるな」

「どんなメカニズムなのか見当もつかない」

白石がつぶやくように言った。「そして、トニー・ルッソだ。やつは、明らかに自分の指をミサイルかロケット弾のように発射している」

「ホーリイ・ワンは――」

陳隆王が言った。「八極拳に見られる技を使っておりますが、見たところ、あの肘はただの肘ではありますまい。拳や肘などを鍛えることを外功《がいこう》と言いますが、あの威力は、外功の限界を超えております」

アキヤマがホッジス大佐にうなずきかけた。再び画面が動き始める。

「ここだ」

アキヤマが言うと、また静止画面になった。

「アラン・メイソンのレーザーメスだ」

「レーザーメスってのはね」

白石が言った。「もともと純粋な外科的器具でね、内臓細部を焼き切るような場合にしか役に立たないはずなんだ。こんなナイフのような使いかたはできるはずはない。骨を一瞬にして断ち切るような威力などないはずなんだ」

映像が終わった。

ホッジス大佐は白石に向かってうなずいた。

「そう。だから、便宜上レーザーメスと呼んでいるが、アラン・メイソンの手に組み込まれているのは、われわれの知っているレーザー装置とはまったく別のものかもしれないのだ」

「どういう意味だ？」

アキヤマが尋ねた。

「ゲンロク・コーポレーションが持つ科学力だ」

アキヤマと白石は顔を見合わせた。

ホッジス大佐が真剣な眼差《まなざ》しで言った。

「さきほどの大手術の話にしてもそうだし、ジョナ・リーの放電のメカニズムにしてもそうだ。専門家に言わせると、この四人を作るのに用いたゲンロク社の科学力は、現代の科学力をはるかに上回っているというのだ」

アキヤマたち四人は互いに顔を見合った。

バリーが四人を代表して尋ねた。

「いったいそれはどういうことなのだ？」

ホッジス大佐はこたえた。

「わからないのだ。どういうことなのか、まったくわからないのだよ」

13

「どうしても必要なことなのかね？」

新首相官邸の執務室で首相は、黒崎高真佐に向かって言った。

広々とした執務室に午後の日が差し込んでいる。その陽光は二重の防弾ガラスを通して入ってきていた。

首相用の大机に首相は向かっていた。

その正面に黒崎情報室長が立っていた。

この話題については、ふたりは何度も検討していた。ふたりだけで解決しなければならない問題だった。

「つまり、首相であるこの私が、中国の国家元首に対して、テロリストを雇えと忠告することになるのだぞ」

「忠告では困ります。アラン・メイソンたちをどうしてもチベットに送り込まなければならないのです」

「人民解放軍が傭兵を雇うなどというのは聞いたこともない」

「しかし、アラン・メイソンら四名のサイバー・アーミーを抹殺することは、西側陣営において日本が課せられた使命です。何が何でも果たさねばなりません」

「だからと言って、たかが傭兵くずれのテロリストどもの言うことを素直に聞く必要があるのかね」

「傭兵くずれのテロリストというのがシド・アキヤマを意味しているのなら、少々認識をあらためていただかなければなりません」

「たいした問題ではないと思うが……？」

「とにかく、彼らにまかせるのが最良の方法なのです」

「テロリストにはテロリストか？」

「最高のプロフェッショナルが必要だということです」

「まあいい……。だが、私にはどうしても中国を動かすいい方法が思いつかない」

「こういう場合、事情を素直に話すしかないと思うのですが……」

「政治的なかけひきは無意味だというのかね？」

「無意味だとは申してません。それはぜひとも必要となるでしょう。両方を同時に使い分けるのですよ」

「どういうことだね？」

「中華人民共和国は昔から日本の軍備や軍事的発言に関してはたいへん神経質です。どんな言い訳をしても、こと軍事的な話題には耳を貸そうとしないでしょう」

「言うまでもないことだ。だからこの一件には苦慮しているのだ」

「サイバー・アーミーたちのおそろしさを正直に訴えるのです。彼らは、東西両陣営共通の敵であることを強調するのです。ゲンロク社の脅威についても説明されたほうがいいでしょう。今や、ゲンロク社は全世界を敵に回そうとしているのですから……。

いや、その点については中国の情報部も知っていることでしょう」

「だからといって、自国の領土にサイバー・アーミーたちを呼び込むことを承諾するとは思えんがね……」

「ここからが政治的なかけひきですよ。チベットで片がつくとは限らないのです。サイバー・アーミー対シド・アキヤマ軍団の戦いが、どこか別の場所に移ったとします。それが日本であってもかまいません。そのときには、中国にとってたいへん都合がいいことが起こるのです」

「何だね」

「チベット独立運動の中心人物、ギャルク・ランパが、チベットからいなくなるのです」

「何だって……？　本当かね？」

「シド・アキヤマがサイバー・アーミーをチベットにおびき寄せようとする最大の目的はそこにあるのです。アキヤマのチームには、ギャルク・ランパがぜひとも必要なのです」

「しかし……」

首相は明らかに心を動かされ、黒崎の言葉に関心を持っていた。「しかし、ギャルクク・ランパを必要としているのは、チベットの人々も同じことだろう。ギャルク・ランパがアキヤマと行動を共にするとは思えん」

黒崎はかすかに自信の笑いを浮かべた。

「その点では中国を多少だますことになるのですがね……。ギャルク・ランパはたいへん有能な人物で、独立運動の中心勢力である『チベット独立戦線』をたいへんすぐれた組織に作り上げているのです。しっかりした規範と厳しい訓練……」

「つまり、ギャルク・ランパ以外にも優秀な指導者が育っているということかね」

黒崎はうなずいた。

「一時的にギャルク・ランパがチベットを離れることは、『チベット独立戦線』にとってそれほど大きな問題とはならないでしょう。ギャルク・ランパ本人もそのことは知っているはずです。彼がどうしてもチベットを離れたがらないとしたら、それは心情的なものに過ぎないでしょう」

「それが大切なのじゃないかね？　独立運動のような戦いにおいては象徴的な人物が必要だ」

「『チベット独立戦線』は持ちこたえるでしょう。もちろん、ランパはどこにいても、彼らと連絡を絶やさないに違いありません。しかし、中国にお話になるときは、今、総理が言われたような文脈でお話になられる必要があります」

「つまり、ギャルク・ランパがチベットを離れることは、中国にとってたいへん有利な条件になると……」

「そういうことです」

首相はしばらく考え込んでいた。

黒崎は何も言わずに立っていた。こういう場合、沈黙を守ることが最も得策であることを彼はよく知っているのだ。

先に口を開くのは相手のほうでなければならない。

ついに首相が言った。

「説得力の問題だな。ギャルク・ランパが一時的にいなくなっても『チベット独立戦線』が持ちこたえられるということは、当然中国側でも分析しているだろう」

黒崎はほぼ首相を説得できたと思った。

「ところがそうではないのです。中国の情報部は、病的なほどギャルク・ランパ本人を気にしているのです」

「そうなのかね？」

「珍しいことではありません。戦いの当事者は、敵も味方も象徴的人物だけを見つめるのです。第二次大戦のとき、誰もがヒトラーの言動を見つめていたように……」

「なるほど……」

「そして、さらに言えば、サイバー・アーミーたちは、本当にギャルク・ランパを葬り去ってしまう可能性だってあるのです」

首相は顔を上げて、黒崎を見つめた。

彼はつぶやくように言った。

「なぜそんな単純なことに、最初に気づかなかったのだろう」

「ものごとはそういうものです、総理」

「わかった。何とかやってみよう」

首相は言った。「君は、持ち場で待機していてくれ」

黒崎高真佐は一礼して執務室を出た。

彼は階段を使って情報室に戻った。途中、彼はつぶやいていた。

「ギャルク・ランパが殺されるだって？ あってはならないことだ。そうなれば、シド・アキヤマたちも殺されてしまう。われわれはサイバー・アーミーに負けることになる」

階段に立っていたＳＰが、さっと振り向いた。

「何か言われましたか？」

黒崎はそのときになって、初めて自分が、声に出してつぶやいていることに気づいた。彼にしては珍しいことで、許されないことだった。

黒崎はＳＰのほうを見ずにこたえた。

「いや、何でもない。ねぎらいの言葉をかけようと思ったのだが、その類《たぐい》の言葉をすべて忘れてしまってな」

ＳＰは一瞬不思議そうな顔をし、そして笑顔を見せた。


アラン・メイソンはひどく古い、小さなホテルに泊まっていた。一階が酒場で、その二階を客に貸しているのだ。娼婦がいる場合は、たいていそのために利用されるような宿だ。

彼は上半身裸で、洗面所の汚れた鏡を見ていた。

彼の体は傷あとだらけだった。銃弾を受けたあともあれば、ナイフで切り裂かれたあともある。

たいていはゲンロク社で手術を受ける以前にできた傷あとだ。

ゲンロク社で受けた手術のあとは、ほとんど目立たなかった。だが、よく見ると、両腕の前腕に、肌色のぴったりしたゴム手袋をしているように見える部分があった。

そこから先が義手であり、おそろしい武器でもあった。

義手はたいへん精巧なもので、彼の意志どおりに手首や五指を動かすことができた。どういう仕組みになっているのかは、メイソン本人も知らなかった。故障したら医者に診てもらうようにメカニックにまかせるしかない。そのメカニックはゲンロク社にしかいないのだ。

ロボットにおける、人間の筋肉に相当する部分は「アクチュエータ」と呼ばれるが、おそらく、画期的なアクチュエータが使用されているのだろうとメイソンは考えていた。それは、電気信号によって変化する化学的な物質であり、決して機械的なアクチュエータでないことは確かだった。

そして、その義手の中心部には、人類にとってこれまで未知の破壊的なエネルギーを発生させる装置が組み込まれていた。その性質はレーザー光線に一番近かった。レーザー光線に似たエネルギーは、すべてこの指の先から発射できるようになっていた。

発射するときも、その強弱も、すべて指を動かすように思いのままだった。

それは素晴らしい装置で、メイソンはゲンロク社に感謝をして当然だった。

しかし、彼は、実のところ、ゲンロク社に感謝などしていなかった。それどころか、ゲンロク社のせいで得体の知れない化け物になってしまったような気さえしたものだった。

命を救われたことに対しては恩を感じていた。だからこそ、今こうしてゲンロク社のために働いているのだ。だが、命じられたことをただ実行するに過ぎない。忠誠心などはまるでなかった。

充分に借りを返したと感じられるときがきたとき、自分はどうするだろう――アラン・メイソンは、まだそのことを決めかねていた。

実際、メイソンたちは、単なる兵士に過ぎなかった。何が目的で戦わねばならないのか、知らされていないのだ。きっと自分は、そういった状態にがまんできなくなる――メイソンはそう思い始めていた。

ドアがノックされ、アラン・メイソンは、はっと我に返った。感傷などは今の彼には無駄なものだ。危険な感情といっていい。

アラン・メイソンは、シャツを着て、まえのボタンを閉めずに、細くドアを開けた。

ポールの黒い眼が、メイソンの眼を見つめていた。

アラン・メイソンは、その部屋に滞在していることをＩＲＡ側の誰にも教えていなかった。だが彼は驚かなかった。

このベルファストは彼らの町なのだ。

ポールは小声で言った。

「明日の午前十時。教会でミサが開かれる。そのときに来てくれ」

「それは、ミックからの伝言なのか？」

「当然そうだ。でなければ、俺がこんなところへ来る理由はない」

ませた口をきく子供だ、とアラン・メイソンは思った。

しかし、この町では珍しくはない。かつて自分もそうだったことを思い出した。

「寄って一杯やっていくか？」

十七歳のポールはその言葉に心底驚いたようだった。

「驚くことはない。使いの駄賃だ」

「そんなものは必要ない。俺は俺自身の意志で動いているんだ」

「いいぞ、ポール」

メイソンは皮肉な笑いを浮かべて言った。「いつまでも、そういう気持ちでいられるといいな」

ポールの顔にさっと赤味が差した。

彼は、ばかにされたと思ったのだ。彼は、一度メイソンを睨みつけると、さっと背を向け、猫のような静かな足取りで去って行った。

メイソンは思った。皮肉のような口調で言ったが、今の一言は本気だったのだ、と。

メイソンは、電話は使わずに、ぶらりと夜の町へ出て、仲間と連絡を取ることにした。

しかし、外へ出てみて、まったく人通りがないのに気づいた。今の時代この町では夜出歩くことは異常なことなのだ。

すぐに英国警察のパトカーが近づいてきた。赤外線センサーを積んでいるようだった。パトカーはリニア・モーターを使った車だった。滑るように静かに近づいてくる。

ふたりの警官が降りてきて、メイソンに言った。

「失礼。こんな時間に、ここで何をなさっているのかうかがってよろしいかな？」

イギリス人らしく口調は丁寧だった。

この規範が、ＵＲヨーロッパのなかでも、最も優秀な警察機構を維持しているのだとメイソンは思った。

実際、アメリカの警察などは、今やひどいありさまだった。アメリカの社会を徹底的に腐らせてしまった病根が、警察にまで及んでいるのだった。

メイソンは素直に質問に応じることにした。

「私は旅行者でね。ホテルにいても退屈なんで一杯飲ませてもらえる店はないかと外に出てみたんだが、どうやら間違いだったようですね」

「開いている店はもちろんありますよ。だが平穏な人生を望む人は、この町では夜出歩いたりしないのです」

「ほう。開いている店がある。そいつはぜひとも行ってみたいな」

警官は肩をすぼめた。

「ご自由に。ここは戒厳令下のベルリンではありません。まあ、似たようなものかもしれませんが……」

警官は車に戻った。

メイソンは、トニー・ルッソが泊まっているホテルに足を向けた。

パトカーのまえに突然人影が現れ、運転していた警官はあわててブレーキを踏んだ。

助手席と後部座席にいた警官はさっとリボルバーを抜いた。伝統的なウェブリー＆スコットＭＫⅥ三八口径だった。この銃はイギリスの陸軍や警察で百五十年近くも愛用されている。

夜の町では、このようにして、パトカーに突然サブマシンガンを撃ち込まれることがある。

パトカーのフロントガラスは防弾になっていた。

パトカーが停まると、人影は近づいてきた。男の影だった。男は、運転席の窓をノックした。

運転席の警官は助手席の仲間と顔を見合わせた。後部座席の同僚は、いつでも撃てるようにウェブリー＆スコットＭＫⅥを右手で握っている。

男は苛立ったように言った。

「窓を開けるんだ。早く」

彼はロンドン警視庁の身分証を出して運転席の警官に掲げて見せた。

警官は驚いて窓を降ろすボタンを押した。

「何でしょう？」

警官が尋ねた。

「ヤードのスペシャルブランチ、マクダニエル警部補だ。今の男に何を尋問した？」

助手席の警官と後部座席の警官は顔を見合わせた。

マクダニエル警部補はその動きを見逃がさなかった。

「尋問したのはそこのふたりだな？　何を訊いた？」

助手席の警官がこたえた。

「一般的な夜間の職務質問です。こんな時間に、ここで何をしているとか……」

「相手は何とこたえた？」

「旅行者だそうです。一杯やりたくて店を探してると言ってました」

「それだけか？」

「それだけですよ」

「君たちは、あいつが何者か知らずに近づいたんだな？　出世欲のために手柄をあせったりしたわけじゃないんだな？」

「何のことです？」

運転席の警官が尋ねた。そのとき助手席の男は赤外線センサーに、もうひとりの人間が映し出されているのに気づいた。

もうひとりの男は街角にたたずんでいる。

たぶん、こちらのやりとりをじっと眺めているのだろうと彼は思った。

迷ったすえ、マクダニエル警部補は言った。

「あいつが旅行者だというのは嘘じゃない。ただ、すこぶる危険な旅行者だ。アラン・メイソンという名を聞いたことはないか？」

三人の警官は驚きをあらわにした。

「私たちは幽霊と話をしたんですか？」

「詳しいことは言えんが、彼は生きていたんだ。君たち、妙な気を起こさなくて命びろいしたんだぞ」

運転席と助手席の警官は顔を見合わせた。

「しかし――」

運転席の警官は言った。「われわれにはこの町をテロリストから守る義務があります。今度また彼と出会ったら、どうすればいいのでしょう」

マクダニエル警部補は、ぐいと運転席の窓に顔を近づけた。

「何もするな。われわれとSAS、そして、特別に編成されたチームが彼らを追っている」

「彼ら……」

「そう。アラン・メイソンには三人の仲間がいる。君らのほうからは決して手出しをしないでほしい。でないと、何もかもがぶちこわしになる」

運転席の警官は何か言い返そうとした。助手席の警官はそれを制して、そっと赤外線センサーのモニターを指差した。

じっと立ち尽くしているもうひとりの男が見えた。運転席の警官は黙った。

「いいか、君らのためにもう一度言っておく。君らのほうから手出しは決してするな」

スコットランドヤード、スペシャルブランチのマクダニエル警部補は走り去った。

助手席の男は、赤外線センサーのモニターにもうひとつの人型が映るのを見た。マクダニエル警部補の姿だった。

運転席の警官が誰に言うともなしに言った。

「なあ……。俺たちは何のためにこうしてパトロールをやってるんだ?」

あとのふたりは何もこたえなかった。

14

アラン・メイソンは、トニー・ルッソの部屋を訪ねた。メイソンが泊まっている部屋と大差はなかった。

「こういう暮らしは性に合わん」

トニー・ルッソが言った。「先祖が見たら嘆きのあまり、俺をマシンガンで穴だらけにしてしまうだろう」

彼の場合のトニーはアンソニーの通称ではない。アントニオの略称なのだった。

アントニオ・ルッソは正式にマフィアの血を引いていた。

「俺は平気だがね。ベッドがあるだけましじゃないかね？　行軍と野営を思い出すんだな」

「一流のホテル暮らしに一流の殺し――それが俺のモットーだ。戦場の生活は、ほんのアルバイトだ」

アラン・メイソンは片方の頬をゆがめて笑った。

「俺はジョナのところへ知らせに行く。あんたはホーリイのところへ行ってくれ」

メイソンはそう言うとトニー・ルッソの部屋を出て行った。

聖堂の周囲は真っ暗だった。

両脇に立つビルもすっかり明かりが消えている。

シド・アキヤマはそっと聖堂に近づいた。なかにほの暗い明かりが点っているのがわかった。

ろうそくの炎のようだった。祭壇の銀の燭台《しょくだい》に立てられた何本ものろうそくをアキヤマは想像した。

アキヤマは聖堂へ入ろうとして、戸に鍵がかかっていることに気がついた。彼はノックをした。

しばらくすると解錠する音が聞こえ、少しだけドアが開いた。侍者用の短いカソックを着た少年の黒い眼が見えた。

「何のご用でしょう?」

少年が言った。

「告解に参ったのですが……」

侍者姿の少年はシド・アキヤマをじっと観察しているようだった。

「どうしたのだ、ポール？」

聖堂のなかで少年を呼ぶ声がした。

「告解をなさりたいというかたがいらしてますが、神父さま」

しばらくして、こたえがあった。

「入っていただきなさい。私はなかにいる」

ポールはアキヤマに言った。

「どうぞ、こちらへ」

アキヤマは、ポールが体のどこかに銃を隠し持っているに違いないと読んでいた。おそらく、告解室のなかに入ったミック・パターソンも、何らかの武器を持っているはずだった。

でなければ、こうも簡単に他人を受け入れるはずはなかった。

アキヤマは聖水に指をひたし、祭壇の下でひざまずき、両手の指を組んだ。

その後《のち》に、ポールに案内されて、告解室に入った。ひとりがようやく入れる小部屋だ。格子の小窓のむこうに神父の横顔が見える。

神父は聖母マリアの祈りをつぶやいていた。そして言った。

「さ、神にお話しなさい」

アキヤマは言った。

「私は、これまで何人もの人を殺してきました。そして、これからもそれを続けるでしょう」

「これからも続ける？」

「そう。それが私の仕事だからです、神父さん。そして、私はその仕事のためにベルファストへやってきました」

ミック・パターソンは、何も言わなかった。

アキヤマは彼の横顔に緊張が走るのを見た。小さな金属音がした。サブマシンガンをコッキングする音だった。

H&K社かイギリス・スターリング社の消音サブマシンガンだろうとアキヤマは思った。

「勘違いしないでほしい、パターソン。俺はあんたのためにやってきた」

ミック・パターソンがさっと告解室を出る気配がした。

シド・アキヤマは、ゆっくりと小部屋を出た。

パターソンはやはりスターリングの最新型消音サブマシンガンを持っていた。

ポールもVz２０３６を構えていた。ふたりは銃口をアキヤマに向けている。

ひげの神父の顔に、ごくわずか困惑の表情が浮かんだ。

「シド・アキヤマ……」

彼はつぶやいていた。

「そうだ、パターソン。おそらく会うのは初めてだが、名前くらいは知ってくれていると思う」

「さっき、君は私のために来たと言った。どういう意味だろうか?」

「アラン・メイソン、ジョウ・マーティン、そしてゲンロク・コーポレーション」

シド・アキヤマはそれだけを言った。

相手は頭のいい男だ。余計なことをくどくどと言うよりそのほうが効果があがるはずだった。

「言っていることがよくわからんが……」

「いや、あんたはわかっているはずだ、パターソン。ただ認めたくないだけなのだ」

「アラン・メイソンはジョウ・マーティンと組んでいて、この私の命を狙っている。そのバックにはゲンロク・コーポレーションがいる——あんたはそう言いたいのか?」

「ほぼ当たっている。正確に言うと、ゲンロクは、ジョウ・マーティンを抱き込み、IRAを自分のテロ・ネットワークの傘下に組み入れようとしているわけだ。そのためには、パターソン、あんたが邪魔なのだ。そこで、ゲンロク・コーポレーションは、あんたのもとへ、アラン・メイソン、ジョナ・リー、トニー・ルッソ、ホーリイ・ワンの四人を送り込んできたというわけだ」

「アランがゲンロクのために働いているというのか？」

「あんたは自国のことで頭がいっぱいで、世間の噂というものにあまり関心がないようだな。メイソンたち四人がイランで死んだという噂は聞いたことはないのかね？」

「もちろんある。だが生きのびたのだと思った。アランはタフな男で頭も切れる。どんなひどい状況でも切り抜けられたはずだ」

「ところがそうじゃなかった。アランたちは瀕死《ひんし》の重傷を負ったのだ。通常の手当をしても、八割がた助からなかっただろうといわれている。彼らを生き返らせたのがゲンロク・コーポレーションだ。ゲンロクはメイソンら四人を、スペースコロニーの本社へ運んで、信じ難い手術をほどこした」

ミック・パターソンはあいかわらずスターリングの消音サブマシンガンをアキヤマに向けていた。

ミックの表情にはまったく変化は表れなかった。ごくつまらない話を聞いている風情だった。

ポールのほうはそれに反して落ち着きをなくしてきていた。

シド・アキヤマはそれに気づいた。

「ポールと呼ばれていたな」

アキヤマは彼に言った。「何か言いたいことがありそうだな」

ミック・パターソンは、アキヤマから目をそらさぬまま言った。

「何だ、ポール。言ってみなさい」

ポールは迷ったすえに言った。

「俺、あの店で見たんだ。アラン・メイソンたちがSASのやつらをあっという間にやっつけるところを」

「けっこうなことじゃないか……」

パターソンは、アキヤマにほほえみを見せた。だが、アキヤマはポールの表情に興味を覚えていた。

ポールは明らかに嫌悪の表情を見せていたのだ。

彼は言った。

「その方法が問題なんだ。あいつら、サイボーグなんだよ。体のなかに武器を仕込んでやがるんだ」

パターソンの眼に明らかな衝撃が見て取れた。

アキヤマはうなずいた。

「そう。ゲンロク・コーポレーションでは、サイバー・アーミーと呼んでいるらしいがね……」

ミック・パターソンはすぐさま衝撃から立ち直った。暗く無表情な眼をアキヤマに向けて言った。

「いったい何が目的なんだ?」

「アラン・メイソン、ジョナ・リー、トニー・ルッソ、そしてホーリイ・ワンの抹殺」

「私にアランを殺す手伝いをしろというのか?」

「むこうはあんたを殺《や》る気だ」

ミック・パターソンはしばらく考えていた。

やがて、言った。

「いいや、残念だが、あんたを信用することはできないな、シド・アキヤマ。少なくともアランと私は一度同じ側で戦ったことがある」

「昔の話だ。人間は変わるものだ」

「おそらくそうだろう。だが私はあんたを信用するわけにはいかない」

「さっきのポールの話を聞いても？」

「彼らがサイボーグであることは何の証明にもならない」

アキヤマは右の肩をすぼめた。

「俺も、あんたと組めると思ってきたわけじゃない。できればそうしたかったがね……。だが、忠告は胸にとどめておいてくれ。俺は、アラン・メイソンにあんたを殺させたくない」

「ほう、そうかね」

パターソンはおもしろそうに言った。

アキヤマは真顔でうなずいた。

「IRAと勇気あるアイルランド人のためにもあんたには生きていてもらいたい」

パターソンの表情はより厳しいものになった。

「君にわれわれの戦いのことがわかってたまるものか。さ、私がこのトリガーを引く気になるまえに、さっさとここを出て行くがいい」

「出て行く」

シド・アキヤマは言った。「そのまえにひとつだけ言っておく。私にもIRAについて語る資格がいくらかあると思う」

「何のことだ？」

「これまで誰にも話さなかったことだ。俺の父親は、まだヨーロッパが連邦国家となる以前、北アイルランドにいて、ＩＲＡの闘士として戦っていた」

アキヤマの言葉には苦しみにさえ似た真実の響きがあった。パターソンはつぶやいた。

「まさか……」

「俺のじいさんはアイルランド人なんだよ」

パターソンが持っていたスターリング消音サブマシンガンの銃口が下がっていった。ポールは完全に自分が銃を持っていることを忘れ去っているようだった。

シド・アキヤマはふたりのまえを素通りして出口へ向かった。戸には鍵がかかっていなかった。

彼は出口で振り返り、正面のキリスト像に向かってほとんどわからないくらいかすかに礼をした。出口を出ると静かに戸を閉めた。

夜の九時を回っても首相は執務室にいた。黒崎情報室長は、直接首相から呼び出された。

電話があってからきっかり三分で黒崎は総理大臣執務室までやってきて、ドアをノックしていた。

「入りたまえ」

疲れきった首相の声が聞こえた。

深い紅色の厚いカーテンが窓の外の一切のものと執務室とを遮断している。

首相は机にはいなかった。出入口の右手に置かれているソファに深く体をうずめ、目を閉じていた。

顔色がよくなかった。ストレスのせいだった。

「黒崎くん……」

首相は目を閉じたまま言った。

「はい」

「中国の件ね。うまくいかなかったよ」

黒崎はあっさりと言った。

「そうですか」

「やはり、日本が口を出すべき問題ではないというのがあちらの言い分だ」

「なるほど……」

首相は目を開けて脇に立っていた黒崎の顔を見た。

「それだけだ」

「わかりました」

黒崎は一礼して、退出しようとした。

「ひとつ言い忘れた」

首相は言った。

黒崎は立ち止まり振り返った。

「中国当局によるとね、チベット地区は紛争地帯だから、たいへん情況が把握しにくいということだ。それにね。まあ、紛争地帯だから何が起ころうと、たいていのことでは驚きはしないというんだが……」

黒崎はわずかに心が昂《たかぶ》るのを感じた。

首相は頭を巡らせて黒崎を見た。

「これがどういう意味なのか、君にはわかるかね」

「はい。はっきりと……」

「そうか……。言っておくが、私には何のことかさっぱりわからん」

「ご安心ください。あとのことは、わが情報室が引き受けます」

「安心しろといわれてもね、黒崎くん。私にはまったく何のことかわかっておらんのだよ」

黒崎は思わずにやりとした。

「心得ております」

彼はさっと一礼して執務室を出た。

ふたりの秘書官もまだ残っていた。黒崎は彼らのまえを通り過ぎるときに命じた。

「ゲンロクに関するファイルと、担当していた室員をそろえてくれ」

黒崎は返事を聞かずに自室に入ってドアを閉めた。

机に向かってすわると彼は思った。

最初からこうすればよかったのだ。紛争地帯では誰がどういう目的で何をするかなど、誰にも把握できるものではない。

チベットにアラン・メイソンら四人のサイバー・アーミーが現れたとしても、それが誰の依頼によるものか、誰の意志によるものかなどわかりはしないのだ。

首相は、その件が中国情報部に伝わっても中国政府および人民解放軍は無視するということを黒崎に伝えたかったのだ。

最初から迷わず、内閣官房情報室がサイバー・アーミーをチベットに送り込めばよかったのだ。

ドアがノックされた。

黒崎が返事をすると、さっとドアが開いて秘書官のひとりがファイルをかかえて現れた。

そのうしろに三人の室員が立っていた。

「あとの担当者は帰宅しております。呼び戻しましょうか？」

秘書官がファイルを机に置く際に言った。

「そうだな……。そうしてくれ」

「わかりました」

秘書官は退出した。

黒崎は、三人の室員に折りたたみ式の椅子をすすめ、自分はファイルを読み始めた。

ファイルは五冊あった。黒崎がすべてに目を通し終わるのに十五分かかった。

その間、三人の室員は一言も発せず、じっとしていた。

黒崎は眼を上げて三人を見た。

「完全な匿名を守りつつ、ゲンロクの裏の商売とコンタクトすることは可能かね」

「無理だと思います」

黒崎から見て一番右にすわっている室員がこたえた。「当然のことながら、彼らはたいへん用心深いですからね」

「では、ちゃんと名乗るとして、適当な理由を考えなければならないな……」

三人は互いに顔を見合った後、説明を求めるように黒崎を見つめた。

黒崎は言った。

「ゲンロク社が操っているサイバー・アーミー四人をチベットへ送り込み、『チベット独立戦線』と戦わせなければならない」

当然この三人は事の次第を知っていたのでその言葉をほぼ完全に理解した。

三人は、押し黙ってそれぞれに考えを巡らせ始めた。

黒崎が言った。

「シド・アキヤマたちは、間もなく北アイルランドのベルファストで、生まれ変わったアラン・メイソンたちと、第一回の接触をするだろう。われわれに残された時間は少ない」

中央にいる室員が黒崎に質問した。

「ギャルク・ランパがシド・アキヤマたちにはどうしても必要だというわけですね」

「そうだ」

右端の男が言った。

「ゲンロクはこちらの身分を知らない限り、決して取り引きはしないでしょう。しかし、身分を明らかにして取り引きの契約をした後は、こちらの身分を秘匿してくれることは間違いありません」

「つまり、弁護士や医者のように？」

「まあ……、言ってみればそのような……」

「プロフェッショナルのエチケットですよ」

戸口で声がした。黒崎は顔を上げ、三人は肩越しに振り返った。

この件の担当のひとり陣内吉範《じんないよしのり》が立っていた。

彼はきわめて変わったキャリアを持っていた。彼の父親である陣内平吉も、政府の役人で、この内閣官房情報室の前身である内閣調査室の室員だった。

陣内平吉はついに、内閣調査室長にまで登りつめた。もともと彼は、警察庁からの出向官吏だったので、晩年は、警察庁にもどり、警視正の位をもらって定年となった。

時代は流れ、政府に陣内平吉を知っている者はいなくなったが、もし残っているとしたら、陣内吉範がたいへん父親に似ていることに気づいたことだろう。

彼は常に眠たげな半眼をしている。滅多にあわてることはなく、のんびりとした口調で話す。彼が興奮したところを見た同僚はひとりもいないと言っていい。

「陣内くんか……」

黒崎は言った。「話の内容はわかっているのかね？」

「ええ、だいたい。以前からこうした会議が持たれるものと想像していました」

「何か妙案はあるかね？」

「単純なことです」

「ほう……」

他の三人も陣内を見つめた。

陣内はまるで退屈をしているかのような口調で言った。

「西側陣営における日本の重要な役割。チベットの紛争が早期に解決すれば、今度は中国とソ連の国境がクローズアップされてきます。ソ連は少なからずそちらに国力を割かねばならなくなるでしょう。URヨーロッパやアメリカ合衆国の負担や緊張は軽減されるでしょう。そのために、秘密裡《り》にゲンロクにコンタクトして、サイバー・アーミーに『チベット独立戦線』を叩いてもらう、と……。日本は海外出兵できませんからね」

「今の話のシナリオをすべて書くことができるのだな？」

「はい」

黒崎はうなずいた。

「よろしい、陣内くん。君にまかせよう。他の者は陣内くんの指示に従ってくれ」

陣内は来たときと同様にふらりと部屋を出て行った。

15

アキヤマはベッドに横になって天井を見つめていた。

ノックの音が聞こえた。彼は、さっと右手を枕《まくら》の下へもっていき、グロック20ハイパワーを取り出した。

音もなくドアに近寄り、ドアの脇の壁に身を寄せて尋ねた。

「誰だ？」

ためらいがちに、ささやくような声が聞こえてきた。

「ポール・ジェラード」

シド・アキヤマは、細くドアを開けた。ポールはひとりのようだった。

「何の用だ?」

「その……。情報だよ……」

ポールは精一杯大物を気取っている。事実、彼の拳銃の腕はあなどれない、とホッジス大佐が言っていたのを思い出した。

「ひとりか?」

ポールは重々しくうなずいて見せた。

シド・アキヤマはドアを大きく開いて、ポールを招き入れた。

ポールは、アキヤマのまえを通り過ぎるとき、その右手に握られているグロック20ハイパワーをちらりと見た。

別に驚いた様子はなかった。

シド・アキヤマはドアを閉めると言った。

「どこかに銃を持っているだろう。それを出すんだ」

「そんな必要ないだろう。俺は情報を持ってきたんだ」

アキヤマはかぶりを振った。

「狭い部屋で武器を持った相手とふたりきりで話ができるほど度胸がないんだ」

彼はグロック20ハイパワーの銃口をポールの心臓にぴたりと向けていた。ポールはさからえなかった。

ポールは腰のベルトにはさんであったVz2036を取り出した。

「あんたの銃の腕はちょっとしたものだと聞いている」

アキヤマが言った。「その銃をそっとナイトテーブルの上に置くんだ」

ポールは言われたとおりにした。そこで初めてシド・アキヤマは自分の拳銃をひっこめた。

「さて、どんな話を持ってきたんだ?」

「明日十時に教会でミックはアラン・メイソンたちと会う」

「何のために?」

「新しい作戦だ。ミックはアラン・メイソンたちの協力を得て港のそばにある英国軍の倉庫を襲撃するつもりなんだ」

「ほう……。それはちょっとした騒ぎになるな……」

「今年に入って最大の計画だよ。武器を奪ったあとに倉庫を爆破するんだ」

アキヤマはじっとポールを見つめていた。真意を見定めようとする眼だった。

「なぜ俺のところへ来る気になった?」

　ポールは素早く肩をすくめて、眼をそらした。その一瞬だけ少年らしさが顔を出した。

「アラン・メイソンたちよりあんたのほうが気に入ったからさ」

「ＩＲＡの闘士に気に入られるとは光栄だな」

　ポールの表情が固くなった。

「あんたたちの気取った皮肉にはうんざりしてるんだ。アラン・メイソンも同じようなことを言った」

「メイソンが？」

「いつまでも信じるものを持ち続けられるといいなと言ってほくそえみやがった」

　シド・アキヤマは、なぜかその言葉がメイソンの本心のような気がした。

　ポールが言った。

「あんたも今、ＩＲＡを小ばかにしたような言いかたをした」

「気にするなよ、ポール。皮肉にでもしてしまわないと耐えられないんだよ」

「耐えられない？　いったい何に？」

「あんたのような年齢で銃を持って戦わなければならないような現実に、だ」

「これ以上ばかにすると、俺は本気で怒る」

「勘違いするな」

アキヤマの声が、独特の暗い真実味を帯びた。「俺は本当にそう思ってるんだ」

ポール・ジェラードは、じっとアキヤマを見すえた。

「じゃあ、教会で言ったことも信じていいんだろうな」

「何を言ったかな?」

「あんたは、アイルランド人のために、ミックに生きていてほしいと言ったんだ」

シド・アキヤマはうなずいた。

「本心だ」

ポールはまた少しばかり少年らしい表情をのぞかせた。

「あのひとことを聞いてここへ来る気になったんだ。伝えたいことはそれだけだ」

アキヤマはうなずいた。

ポールはVz2036を指差して言った。

「あれをもって帰ってかまわないだろうな?」

「もちろん。あれはあんたのものだし、この町では必要なものだろうからな」

ポールは拳銃を取ってベルトに差した。そして出入口のドアへと向かった。

ドアのところで立ち止まり、振り返った。彼は言いづらそうに尋ねた。

「あんたは伝説のなかの人物だ。シド・アキヤマの名はこの世界では有名だ。だけどその生い立ちについては誰も知らない。あんたは見かけは完全な東洋人に見える。俺たちと同じアイルランド人の血を引いているというのは本当のことなのか？」

シド・アキヤマは言った。

「ひとつたのみがあるんだ、ポール」

「何だい？」

「そのことは、あんたと俺とミック・パターソンだけの秘密にしておきたい」

ポールの顔にごくわずかだが恥じらいのような、あるいは誇らしげな表情が浮かんだ。

彼は「わかった」と言うと、ほとんど足音を立てずにドアの外へ消えた。

ややあって、再びドアがノックされた。

「バリーだ」

ドアのむこうから声がした。

「入ってくれ」

アキヤマは言った。

バリーはてのひらにすっぽり収まるＦＭ受信器を持っており、それから伸びているイヤホンを左の耳に入れていた。

アキヤマの部屋には背広の袖ボタンほどの大きさの盗聴器が仕掛けてあったのだ。

バリーがドアを閉めるとアキヤマは言った。

「話は聞いたな」

「もちろん。だが、よくあの小僧がやってくるとわかったな」

「ポールは純粋にミック・パターソンを尊敬している。彼の心を動かすのは、それほど難しいことではなかった。それに、ポールは、アラン・メイソンたちがサイバー・アーミーであることを知っている」

「あんたは心をくすぐる方法を知っていたというわけだ。それで、自分がアイルランド人の血を引いているなどという作り話をしたんだな」

アキヤマは笑った。バリーは眉をひそめた。バリーは、ベルファストへ来てから、アキヤマの印象が少し変わったように感じていた。

確かにアキヤマは快活になり、そして雄弁にさえなったようだった。

「そう。その話はおおいに役に立ったようだ。だが、バリー、ひとつだけ覚えておいてくれ。あれは作り話ではない。俺の家系にはひとりだけだが、本当にアイルランド人がいたんだ」

バリーは片方の眉を釣り上げて見せたが、本当に驚いたわけではなかった。彼にとってはどうでもいいことだった。

「教会へは行くべきだろうな……」

バリーが言うとアキヤマはうなずいた。

「だが、アラン・メイソンたちに顔は見られたくない」

「早目に行って、どこかに隠れているしかないようだな。例の坊やが手引きをしてくれるとたいへんやりやすいのだが……」

「それは期待しないほうがいい。ポールはミック・パターソンのまえでは彼の言いなりだ。そして、パターソンが俺たちを信じていないことが問題なんだ」

「こういうのはどうだい？　パターソンだってポールだって夜は眠るだろう？　これから教会へ行って、聖堂に人気がないのを確かめて忍び込むんだ」

「悪くない。陳と白石は何をしている？」

「ホッジス大佐と、彼らの行動パターンを研究している。ミスタ陳には何でもお見通しのようだぜ」

「だから彼が必要だったんだ。よし、ふたりをさそって出かけるとしよう」

ジャック・コーガ・バリーが忍者だということが完全に証明された。

彼はボウガンの矢に、三つ叉《また》の鉤《かぎ》のついたロープをくりつけて、十メートルほどの高さのある鐘楼に撃ち込んだ。

ロープは最新の素材を用いたものでビニールの三分の一の重さしかなく、ワイヤーの二倍の強度があるという代物だった。

そのロープのところどころに結び目がついており、バリーはその結び目を手がかり足がかりとして、するすると鐘楼に登っていった。

一九〇センチ、九〇キロの巨体が苦もなく壁をはい上がっていく姿は奇妙なものだった。

鐘楼に下り立ったバリーはロープを回収し、まったく音を立てず階段を下った。階段は木でできていたが、たいへんしっかりしていて、きしむようなことはなかった。

鐘楼からの階段は、居住区への廊下に続いていた。

バリーはその脇にあるドアが聖具室へ行く入り口だと考えた。事実そのとおりだった。鍵がかかっていたが、旧式なシリンダー・キーで、電子ロックではなかった。教会ではすべてにおいて昔ながらのやりかたや道具が重んじられているのだろうかとバリーは思い、ひとりほくそえんだ。

バリーは、まっすぐのと、先がわずかに折れ曲っているのとの二本の鋼の針金で、あっという間に解錠した。

聖具室に入ると、すぐに大きな鍵に気づいた。鍵には真鍮《しんちゅう》の輪がついていて、それが釘《くぎ》にかけてあった。バリーにはそれが聖堂の出入口の鍵であることがすぐにわかった。

軍隊経験のある者ならこれくらいのことはなんとかやってのけるものだが、信じがたいのはバリーが、一切明かりのないところで、まったく淀みなく行動したことだった。

彼はおそろしく暗視に長《た》けているのだ。それは忍者の条件のひとつで生まれ持った能力を磨いたに過ぎない。忍びの術は訓練だけで体得できるものではない。才能に恵まれることが必要なのだ。

忍法を学ぶ者は多いが忍者になれる者はまれだ。

バリーは、そのまれな者のひとりなのだった。

入り口のドアを開けるまえに、バリーは蝶番《ちょうつがい》に油を差すことを忘れなかった。

ドアを開けると、シド・アキヤマ、陳隆王、白石達雄の三人が影のように忍び込んできた。

バリーはドアを閉め、鍵をかけた。

アキヤマは隠れるべき場所を探した。聖具室は論外だった。司祭が朝起きてまず訪れるのが聖具室だからだ。

鐘楼も危険だった。パターソンが鐘を鳴らすために登ってくる可能性がある。

鐘楼へ行く途中に踊り場があるのに気づいた。そこにドアがあった。鍵はかかっていなかった。聖堂の二階に当たる位置だったが、正確にはひどく狭い屋根裏部屋だった。

かび臭い古い書物などが積んであった。アキヤマは恰好の場所を発見したのだ。

バリーは、祭壇と告解室に、ボタン大の盗聴機をしかけ、聖堂の出入口の鍵をもとの場所に戻した。廊下と聖具室の間のドアを二本の針金で何とかロックした。

バリーが屋根裏部屋に戻ったとき、三人は壁際にうずくまっていた。

夜明けまであと二時間ほどある。忍耐の時間が始まったのだ。尿意にだけは勝てないので、バリーは、人数分の高分子吸収剤を仕込んだビニール袋を用意していた。

この袋に用を足すと、尿はたちまちゼリー状に固まってしまう。

四人は、ただじっと待っていた。

ミサが始まった。

正式なカトリック教のミサだ。

ミサの最中に、一度だけ投石があった。表の通りから、ステンドグラスめがけて誰かが石を投げたのだった。

プロテスタント系住民のしわざだった。

アラン・メイソン、ジョナ・リー、トニー・ルッソ、ホーリイ・ワンの四人は、最後列に並んでいた。

投石があったとき、トニー・ルッソは、本当にいまいましげに舌を鳴らして言った。

「プロテスタントのばかやろうどもをローマへ引きずって行ってやりたいもんだ」

メイソンがささやき返した。

「それぞれに言い分があるもんなんだよ」

ミサが終わり、カトリック系の住民は家路についた。

何人かが告解のために残っていた。

アラン・メイソンたちは、告解の順番を待つ列に加わった。

三十分ほど待たされてメイソンの番がきた。メイソンは告解室に入って言った。

「おかげで清い気持ちで仕事ができそうだ、パターソン」

「メイソンか？　待たせて悪かったな。どこに当局の眼が光っているかわからないのでな」

「わかっている。……で？」

ミック・パターソンは、英軍倉庫襲撃の計画を詳しく説明した。

アラン・メイソンは言った。

「まったく問題はない。たよりにしてくれていい。昔のようにうまくやろう」

メイソンが席を立った。そのとき、パターソンがメイソンに呼びかけた。

メイソンは立ったまま訊き返した。

「何だ？　まだ何かあるのか？」

ミック・パターソンはためらいがちな沈黙のあと、言った。

「いや、何でもない。主のご加護を、と言おうとしたんだ」

アラン・メイソンはさっと十字を切って告解室を出た。

教会の屋根裏部屋でＦＭ受信器からの声を聞いていた四人は、パターソンがメイソンを呼び止めた瞬間、緊張した。

パターソンは、シド・アキヤマのことをアラン・メイソンに伝えようとしたに違いないのだ。

しかし、パターソンは言わなかった。それが彼の心の迷いを表していた。

白石がみんなの気持ちを代表してつぶやいた。

「へえ……。ミック・パターソンほどの男でもためらうことはあるんだ」

「そうだよ、坊や」

バリーが言った。「おめえさんのボスは、それほどすごい男なんだ」

「そうじゃない」

アキヤマが言った。「パターソンがためらったのは、どちらが本当に自分の味方か判断しかねているからだ」

「謙遜《けんそん》は美徳か？　おまえさんもやっぱり東洋人だな」

「俺は東洋人じゃない」

シド・アキヤマは言った。「日系人だが日本人ではない。日系人と日本人はまったく違うんだ」

「ま、どうでもいいことだ。これからどうする？」

バリーが言うと、アキヤマは即座にこたえた。

「ミック・パターソンに、朝の挨拶に行こうじゃないか」

パターソンは聖堂で祭壇に向かって祈りをささげていた。黒いカソックに緑のストラをかけていた。

そのうしろで、侍者姿のポール・ジェラードが同じようにひざまずいて祈っていた。

聖具室のドアが開き、シド・アキヤマたちが姿を現したとき、ミック・パターソンは、驚きを隠しきれなかった。

「いったいどういうことだ？」

パターソンは立ち上がり、アキヤマに尋ねた。

「しかたがないので、俺たちは俺たちなりのやりかたで、あんたを守ることにした。それだけのことだ」

バリーは、祭壇と告解室から盗聴マイクを外してきた。

パターソンは、さっと振り返ってポールを見た。

すかさずアキヤマは言った。

「その子を責めるな。あんたのためを思ってやったことだ」

パターソンがようやくいつもの落ち着きを取り戻した。

「それで……？　われわれの計画を聞いてどうするつもりだ？　まさか邪魔をしようというのではないだろうな」

　アキヤマはこたえた。

「ＩＲＡの計画に干渉はしない。ただ、そのときに、あんたは本当の味方は誰で敵は誰なのかを知ることになるだろう」

16

　ベルファストの港は十七世紀に開かれた。広大な岸壁と大造船所などは、二十一世紀の今日でも、十七世紀当時の原形を残していた。絶えず新しい技術で修復されるものの、港の姿そのものが変わることはなかった。

　暗い夜で細い雨が降っていた。

　接岸した貨物船や、遠くの明かりがにじんでいるように見えた。

　港には、ベルファストの特産物であるアイリッシュリネンやたばこ、漁網、ロープなどの倉庫が連なっている。

　それら一般の倉庫から少しばかり離れた場所に、英国軍の倉庫があった。

その倉庫には食料や衣料などの補給物資とともに、若干の武器・弾薬も収められていた。

倉庫の周囲には金網のフェンスが巡らされており、二十四時間歩哨が立っていた。

天候はミック・パターソンたちに味方した。月も星もなく、しかも煙るような雨のせいで視界はひどく悪い。

兵士たちは服を濡らされてうんざりした気分でいる。

IRAのメンバーはミック・パターソンとポール・ジェラードのほかに五人いた。

さらに、アラン・メイソンら四人がミック・パターソンと行動をともにしている。

歩哨はふたりいた。

イギリスの優秀な自動小銃Lシリーズの最新型をスリングで肩にかけている。

「あたしが行くわ」

トレンチコートを着たジョナ・リーが言って隠れていた建物の陰から歩み出た。誰も止める間がなかった。

彼女はフェンスのむこう側にいるふたりの歩哨に向かってまっすぐ歩いていった。

「何をする気だ？」

IRAのメンバーのひとりが言った。

「まあ見てろよ」

アラン・メイソンがにやにやと笑いながら言った。

ジョナ・リーは金網越しに兵士に話しかけた。

「すてきな夜ね」

ふたりの歩哨は肩からライフルを外して構えた。無言でジョナ・リーを見ているが、威嚇する眼ではなかった。

フェンスの入口についたライトで照らし出されたジョナ・リーに完全に見とれているのだ。

歩哨は顔を見合わせた。彼らはほんの一時だけ任務を忘れることを了解し合った。

兵士の片方が言った。

「すてきな夜だって？　こんな天気なのにか？」

「あら、ベルファストではこういう天気をすてきというのよ。ここの生まれじゃないのね」

「ウェールズだよ。兵隊ってのは任務であちらこちら飛ばされるんだよ」

もうひとりの兵士は、話は同僚にまかせてジョナ・リーを眺め回すことに専念していた。

「とにかく、今俺たちは最悪の気分だよ」

「そう？」

ジョナは妖《あや》しげにほほえんだ。息を呑むほどの美しさだった。

「今、最高の気分にしてあげるわ」

彼女はトレンチコートのベルトをほどき、前を開いた。

兵士たちは目を丸くしてだらしなく口を開けた。

ジョナ・リーはトレンチコートの下に何も着ていなかった。形のいい乳房、くびれたウエスト、豊かな腰、すらりと伸びた脚、ビロードのようなヘア——すべてが薄暗がりのなかであらわになった。

兵士たちはもっとよく見ようと金網に近づいた。

ジョナはさっとコートの前を合わせた。

「これ以上はだめよ。お店へ来てくれなきゃあね」

「どこの店だ？」

「地図と名刺をあげるわ、ふたりとも手を出して」

兵士は言われるとおり、金網の間から必死に指を突き出した。

ジョナがふたりの手を金網越しに両手で握った。

高圧電流がスパークするときの独特の音がして、ふたりの兵士の体が一瞬青白く光ったように見えた。

次の瞬間、ジョナのまえに、死体がふたつ転がっていた。

ジョナがさっと手を振って仲間を招いた。

「何が起こったんだ?」

ＩＲＡのひとりが尋ねた。

「何でもいい」

ミック・パターソンがぴしゃりと言った。「歩哨を片づけたんだ。このチャンスを無駄にするな」

彼らはいっせいに駆け出した。


シド・アキヤマたちは、やや離れた場所にレンタカーを駐め、そのなかから事の一部始終を見ていた。

「さ、俺たちも行動開始だ」

バリーが言った。

陳老人と白石はすぐその言葉に反応し、それぞれ後部座席の左右のドアを開けた。

ほんの一瞬だが、シド・アキヤマが皆に遅れた。

バリーはすぐにその理由に気づいた。彼はシド・アキヤマとジョナ・リーの関係を知っている。

「ビデオで見ていても、さすがに実物のジョナを見るとショックのようだな、アキヤマ」

バリーが言った。

白石が尋ねた。

「アキヤマとジョナ・リーがどうかしたのかい？」

「訳ありなのさ」

「何でもない」

アキヤマは言った。「愛し合っていた。しばらくいっしょに暮らしていた。ただそれだけのことに過ぎない」

「そう」

バリーは言った。「ちっぽけなことさ。だが人間はそのちっぽけなことをもてあましちまうんだ」

アキヤマはこたえず、今度は先頭に立って駆け出した。

「日本政府から依頼？」

地球と月のラグランジュ点のひとつに浮かぶゲンロク・コーポレーション本社にある一室に三人の男が集まって話し合っていた。

「チベットだ。どう思うね？」

別の声が言った。

「話を聞いた限りでは筋は通っている」

また別の声がした。

部屋のなかは互いの顔がはっきりと識別しにくいほどに暗い。

最初に声が言う。

「何か怪しい点はないのかね？」

「今のところは特に……」

「しかし、日本の内閣官房情報室だって、われわれの目的に気づいているはずじゃないのか？」

「気づいているだろう。しかし、どうにもできまい」

「罠かもしれない」

ひとりが笑った。

「どんな罠だというのだ。あのサイバー・アーミーを捕えるどんな罠がこの世に存在するというのだ？」

「それはそうだが……」

「おもしろい。話に乗ってみようじゃないか。報酬が手に入ったうえに、楽しいショウを見せてもらえるかもしれない」

「そうだな……」

つぶやきのような声だった。「どうせ、誰の手もわれわれのところへは届かん」

「それでは日本政府からの依頼を引き受けるということでいいね」

「いいだろう。ベルファストの件が片づいたら、すぐにラサへ連中を送り込もう」

英兵の反撃は突然に始まり、きわめて激しかった。

自動小銃の数からして、二個小隊はいるようだった。倉庫番にしては多過ぎる人数だ。

ミック・パターソンたちはばらばらに孤立させられ、動きを封じられた。

パターソンは、アサルト・ショットガンを構えて倉庫の壁にへばりついていた。

彼は肩を叩かれ、はっと振り返った。

アラン・メイソンが彼を見つめていた。メイソンは戦場を影のように移動できる類まれな能力の持ち主だ。そのため、彼にとってはナイフこそが最高の武器だったのだ。

パターソンはそのことを思い出した。

メイソンが言った。

「派手な歓迎じゃないか」

その声は、絶え間なく続く銃声でかき消されそうになった。

パターソンは大声で言い返した。

「情報が洩れていたらしい。作戦は失敗だ」

そのときパターソンは、情報を洩らしたのはシド・アキヤマではないかと疑いかけていた。

メイソンがにやりと笑った。

「そう。俺は誰が計画を当局に洩らしたかを知っている」

「誰だ？」

パターソンの眼が危険な光りかたをした。

「この俺だよ」

「何だって……」

「待て、勘違いするな。イギリスのやつらのショックをより大きくすることが目的だったのだ」

「どういうことだ」

「計画のことを知って、英国軍は兵を送り込んできた。だが、その兵が全滅したことを知ったらどう思うかな?」

「ばかな……」

「まあ、見ていろ」

アラン・メイソンは闇に向かって、さっと手を振った。

続けざまに、二回、ロケット・ランチャーの発射音を小さくしたような音が聞こえた。

闇から飛び出したものは、ロケット弾のように弧を描かず、まっすぐに飛んだ。明らかにミサイルの飛びかただった。

しかし、パターソンはこれまでに、それほど小さいミサイルを見たことがなかった。

英兵は、昔ながらの土嚢《どのう》を積み、その陰で待ち受けていた。ミサイルは、土嚢の二箇所につきささった。何ごとも起こらないかに見えた。が次の瞬間、その二箇所ですさまじい爆発が起こった。ルッソが闇のなかから現れ、メイソンに、両手を見せた。両方の薬指がなかった。一瞬にしてイギリス軍の兵力は半減していた。

ルッソは、今度は片膝を地面につき、左の膝を敵陣に向けた。彼の左の膝から連続して三発の榴弾《りゅうだん》が発射されていた。

榴弾が炸裂して、生き残っている英兵は、鋭いワイヤー片を浴びて血だらけになった。

その隙に、ジョナ・リーが土嚢に近づいた。何人かが彼女を狙って撃った。彼女は、ぱっと地面に身を投げ出して、転がった。

素早く起き上がると、高々と両手をかかげた。

その両手から小さな落雷のような放電が起こった。

小さな雷は、英兵たちが持っていた銃に次々に落ちた。

ホーリイ・ワンが飛び出し、土嚢を飛び越えようとした。英兵のひとりがライフルを撃った。

銃弾はホーリイ・ワンの肩に命中した。そこで火花が散った。ホーリイ・ワンは、わずかに衝撃でぐらついたが、そのまま突っ込んでいった。

彼の肩はライフルの弾丸をはじき返したのだ。

彼は、自分を撃った兵士を見つけ、すぐにライフルを足で払い飛ばした。

外側から内側へと足を回すように蹴る、反蹬腿《はんとうたい》と呼ばれる中国武術の技法だった。

ホーリイ・ワンは、尻もちをついた英兵が立ち上がりナイフを出すのを待った。完全にいたぶっているのだ。

英兵はホーリイ・ワンの手首を狙って切りつけた。

手首を狙うというのは充分なナイフの訓練を受けていることを物語っている。

ホーリイ・ワンは、そのナイフに向かって、肘を叩きつけた。英兵は、ひどく硬いものがナイフにぶつかったのを感じた。そのときはすでにナイフを取り落としていた。

ホーリイ・ワンは、英兵の両足に連続して左右のローキックを放った。

セラミックのすねが、英兵のすねを折り、膝を砕いた。英兵は悲鳴を上げた。

崩れてゆく英兵の顔面に、ホーリイ・ワンは体を鞭のようにしならせて回し蹴りを叩き込んだ。

英兵は息絶えた。

あたりは静かになっていた。イギリス側はアラン・メイソンが言うとおり、全滅していた。

ＩＲＡのメンバーは計画どおり武器を奪いプラスチック爆弾Ｃ５を使った時限爆弾を倉庫に仕掛けた。

しかし、メンバーのうちふたりはイギリス軍の迎撃によって殺されていた。そして、ポールは腹を撃たれて重傷だった。

彼らはフェンスを出て倉庫を離れ、港のはずれまできていた。

くぐもった爆発音が聞こえ、地響きが伝わってきた。

殺されたＩＲＡのメンバーと、ポールはそっと材木置場の陰に横たえられた。

残った三人のＩＲＡ闘士は帽子を取って胸に当てていた。ミック・パターソンは怒りの眼で見降ろしている。

「どうだね、ミック」

アラン・メイソンが言った。「イギリス軍のやつらは大きなショックを受けるに違いない」

パターソンはさっとメイソンを見た。

「こんなやりかたは許さん。誰がこんなことをたのんだ」

「しかし効果はあった。何だ？　死んだ仲間のことを気にしているのか？　戦いに危険は付きものじゃないか」

「その危険を常に最小にしておかなければならない。私たちは軍隊のように、常に新兵を徴募できるわけじゃないんだ」

ミック・パターソンは横たわっているポールに向き直り、ひざまずくと、傷の様子を見た。

「ひどい傷だ。ここではどうしようもない」

ポールはショックのため気を失っている。

そのとき起こったことにミック・パターソンはわが眼を疑った。生き残った三人のＩＲＡ闘士が、ワン、ルッソ、リーの三人に一瞬にして殺されてしまったのだ。

ワンは頭を肘で砕いた。

リーに抱きつかれた男は感電して黒こげになり、ルッソの右膝を背に押しあてられた男はそこからサブマシンガンの弾丸を撃ち込まれた。

「何の真似だ、アラン？」

ミック・パターソンは、静かに尋ねた。だがこたえを期待しているわけではないのだ。

彼はすでにすべてを悟っていた。シド・アキヤマの言っていたことが正しかったと気がついたのだ。

さっと起き上がったときにパターソンはGマークのマシンピストルを手にしていた。アラン・メイソンはさっと右手を振り降ろした。パターソンは、反射的にマシンピストルを持つ手をひっこめた。でなければ、手首から切り落とされていただろう。メイソンの指先から、レーザーのような緑色の光がまっすぐに伸びている。細かい霧のような雨のせいでそれがはっきりとわかる。

その光線はまるで剣のように見えた。

パターソンはさっと後ずさってマシンピストルをメイソンに向けた。彼はトリガーを絞ろうとした。滑るように近づいていたホーリイ・ワンが、その手首を蹴り上げた。

Gマークのマシンピストルは宙に舞い上がり、パターソンの手首は折れた。関節が折れる痛みに耐えられる者はいない。だが、今のパターソンは、怒りのために痛みも感じないほどだった。

「俺が殺す。昔の戦友へのせめてもの思いやりだ」

メイソンは右手を振り上げた。緑の光がさっと流れた。彼がその右手を振り降ろしたとき、パターソンの首が地面に転がっているだろう。

そのとき、続けざまに銃声がした。拳銃を速射する音だった。

その銃弾は正確に、メイソンの右手のてのひらを撃ち抜いた。少なくとも五発は命中していた。すばらしい速射の腕だった。

弾を受けるたびに、緑の光線はまたたき、やがて消えた。

メイソンたちは、さっと積まれた材木の陰に飛び込んだ。

ルッソのゴーグルのようなサングラスの中で何かがちらちらと動いている。実はそれはサングラスではなく肌に埋め込まれた測定器だった。彼は永遠にそのサングラスを外すことはできない。その測定器は視神経に直結されているからだった。

ちらちらと動いているのは、赤い数字や文字だった。彼は弾道を割り出そうとしているのだ。

「ハイパワー弾だ。あの上から撃ってきた」

ルッソは仲間に、材木の山を示した。

「あたしがやるわ」

ジョナ・リーが片手を上げた。彼女が電気を発しようとしたその瞬間、彼女の手を覆ったものがあった。

細い鎖で編まれた網だった。まわりに重りがいくつかついていて、投げやすいようになっていた。

ジョナ・リーが放電した瞬間その鎖の網のせいで激しいスパークが起きた。小さな爆発のようなものだった。

ジョナ・リーは、そのエネルギーをもろに受けてひとたまりもなく倒れた。

ルッソはそのとばっちりを食った。閃光と激しいショックを感じたとき、彼は、吹き飛ばされ、材木に体を打ちつけていた。

機械を壁に叩きつけるような音がした。彼はひどい痛みを感じてうずくまった。

ホーリイ・ワンが飛び出していた。

彼は周囲を見回した。闇に小さく光るものがあると感じた。次の瞬間、肩に熱さを覚えた。その熱さは痛みに変わっていった。見ると手術用のメスが突きささっていた。

セラミックの装甲と装甲の隙間にきれいにささっている。

同様の痛みを両方のももにも感じた。

敵はセラミックの装甲のない部所を知っている。ホーリイ・ワンはそれを悟ってぞっとした。

敵はひとしきり撃ってきた。ホーリイ・ワンは、あわててメスを引き抜き、アラン・メイソンのとなりへ引っ込んだ。

やがて銃撃は終わった。

アラン・メイソンが注意深く顔を出す。

次の瞬間、彼は材木の陰から飛び出していた。

重傷のポールもミック・パターソンも姿を消していた。

姿のない敵はいったい何者だったのか？

メイソンはそう考えて立ち尽くしていた。

17

葦《あし》の繁る湿原のはずれに、何世紀も打ち捨てられっぱなしのように見える小屋があった。かつては、このあたりの沼沢地の管理人が住んでいたのだろう。

最近ではテレビカメラや赤外線警報装置が管理人に取って代わっているのだ。

その小屋の裏にレンタカーが駐まっている。

小屋のなかのひと隅に、ビニールシートによる無菌室が作られていた。風船のように圧搾エアでふくらませるものだ。

そのなかで、白石達雄が、ポールを手術していた。

白石達雄の手際はまったく素晴らしかった。瞬く間に、三発の弾丸を取り出し、傷ついた内臓と上部組織を縫合した。

手もとには、間に合わせの人工血液しかなかったが、失血死させるよりはましだった。

手術が終わると、白石はビニールの無菌室を取り外した。透明のビニールシートは血だらけだった。

腹腔にたまっていた血を吸い出したせいだった。

小屋のなかには、シド・アキヤマ、ジャック・バリー、陳隆王、そしてミック・パターソンがいた。

アキヤマは白石に尋ねた。

「どうだ？」

「何が……？」

「ポールの容態だ」

「誰が手術したと思ってるの？」

「そうだったな」

アキヤマはパターソンを見た。パターソンは安堵《あんど》の表情を見せた。

「今度はその手首を診よう。おそらく折れているだろう」

白石はパターソンに言った。

彼の顔は蒼白だった。おそらく激しい痛みに耐えているのだ。

白石は手早く手首の様子を見て、テープでしっかりと固めた。

「とりあえずこうしておく。ちゃんとした病院でギブスを作ってもらうといい」

ミック・パターソンは、礼をいった。それからアキヤマのほうを見た。

「自分の愚かさを知るのはつらいものだ。誰が味方で誰が敵か――そんなことまでわからなくなるとはな……」

「長く戦い続けていると誰でもそうなるものだ」

「どれほど礼を言っても足りないくらいだ」

「俺たちは俺たちの仕事をしただけだ」

「それにしても見事な戦いかただった。あのサイボーグたちを相手にできる者がいるとは思わなかった」

アキヤマはそう言われ、陳隆王を見た。

陳は言った。

「ああいう奇策は、一度しか成功しますまい。彼らは、自分たちの正体や能力を知り尽くしている敵がいるとは思ってもいなかったのです」

「とにかく」

アキヤマが言った。「彼らは初めて失敗したわけだ。そして、ああいうやつらは失敗するほど手強《てごわ》くなる。もっともこの世界では、二度目の失敗はあり得ないという例が多いんだがね」

「今度は、私たちも逃げられないかもしれない」

パターソンが言った。

「その心配はどうやら無用のようだ」

バリーが言った。

白石が手術をしている間、彼もせっせと仕事に励んでいた。彼は近くまで通っている電話線を見つけ、そこからケーブルを引いてきて、コンピューターに接続していた。

バリーは、あちらこちらに侵入しては、アラン・メイソンたちの動きを探っていたのだ。

「警視庁《ヤード》スペシャルブランチのコンピューターに、アラン・メイソンたちが出国したという記録が入っている。俺たちと戦ってすぐベルファストを出たようだ」

「出国？」

アキヤマが尋ねた。「あれから二時間しか経っていない。どこへ行ったかわかるか？」

バリーはしばらくコンピューターのキーを叩いていたが、やがて首を振った。

「どの航空会社にも記録は残っていない。偽名を使ったか、あるいはゲンロクが用意したチャーター便に乗ったのだろう」

「チャーター便の線だろうな」

アキヤマは考えながら言った。「そのコンピューターで、ＪＩＢのクロサキとコンタクトできるか？」

「お安いご用だが、この高級コンピューターを電話代わりに使ってほしくはないな」

「急いでくれ」

バリーはコンピューターを完全に電話の代わりにした。コンピューターについているシンセサイザーが、相手の声をスピーカーのように合成し、同時に、こちらの声をデジタル信号に変えて光ケーブルに乗せた。

呼び出し音のあと、「はい」という日本語が聞こえてきた。

アキヤマはコンピューターに向かって名乗り、黒崎を出すように言った。

三十秒で黒崎につながった。

「今、どこです？」

黒崎が言った。シンセサイザーによる合成の声のため少しばかり金属的な感じがする。それでも、黒崎が落ち着きをなくしているのがわかった。

「ベルファストの郊外にいる」

「SAS並びにBNDから連絡が入っています。アラン・メイソンたちはアジアへ向かっています」

「すると、チベットの件は？」

「日本政府がアラン・メイソンたちを雇った形になっています。彼らは、ギャルク・ランパのところへ向かったのです」

「わかった。俺たちもすぐに向かう」

アキヤマはバリーにうなずきかけた。バリーはキーを叩いて電話を切り、コンピューターを電話回線から外した。

「チベットだって……？」

ミック・パターソンが言った。

「そう」

アキヤマは出発の用意を始めた。

「アラン・メイソンたちを追って行くのか？」

「それが仕事なんだ」

荷作りに一番手間取ったのは白石だ。医療道具一式を片づけなければならない。だがそれも、皆が思ったよりずいぶん早く済んだ。白石は戦場での移動に慣れているのだった。

「あとは、何とかふたりだけで切り抜けてくれ」

アキヤマがパターソンに言った。「これ以上の手助けはできなくなった」

「当然だ……」

パターソンが言った。「これ以上借りを作ったら、地獄へ行ってからも返し続けなきゃならなくなる」

アキヤマ一行は小屋をあとにした。

ミック・パターソンは、ひとりの神父に戻ってアキヤマたちのために祈った。

中国チベット自治区の首都ラサのジョカン寺では、『チベット独立戦線』の戦士たちが中国の武装警察や人民解放軍に対するものものしい警戒を続けていた。

ギャルク・ランパは、ジョカン寺の二階の部屋で、チベット第二の都市シガツェの仲間に連絡を取っていた。

彼はシガツェとラサのゲリラ活動を連動させようとしているのだった。それは、たいへん効果的な戦いだった。

ギャルク・ランパは、具体的な打ち合わせは、ロプサムという男にすべて任せた。

近々どうしてもチベットを離れなければならなくなるような気がしていたのだった。

ロプサムは頼りになる男だった。自分がいない間、ロプサムならうまくやってくれるだろうとギャルク・ランパは考えていた。

もちろん、できればラサを離れたくはなかったし、つい最近まではその気はなかった。

しかし、それでは済まなくなるということを、彼の予知能力が示していた。彼はすでにまったく別の戦いに巻き込まれつつあることを悟っていた。

ロプサムに受話器を手渡してから、立ち上がり、窓の脇に近づいたランパは、突然悪夢の感触に襲われた。

「ロプサム!」

ギャルク・ランパは突然振り向いて叫んだ。「すぐこの部屋を出るんだ」

ロプサムは、けげんそうな顔をしたが、それも一瞬のことだった。

彼はギャルク・ランパが決して無意味なことを口走らないのを熟知していた。

「またあとで連絡する」

ロプサムは受話器に向かってそう言うとすぐさま電話を切った。

ふたりはドアから廊下へ飛び出した。ランパがドアを閉めて、脇へ飛びのいた。

その瞬間、部屋のなかで爆発が起こり、ドアが吹っ飛んだ。

ギャルク・ランパとロプサムは、なかば投げ出されるように廊下に伏せていた。

ランパは、口を真一文字に結び、煙がたなびいている部屋の出入口を見つめていた。

ロプサムがさっと起き上がってランパに近づいた。

「だいじょうぶですか?」

「ああ」

ランパは、なおも部屋のほうを睨みすえながら立ち上がった。「私はだいじょうぶだ」

「何があったのです？　ロケット弾か何かですか？」

「そのようだ」

「いったいどこから……。この寺の周囲は充分に警戒しているはずです。ロケットやミサイルのランチャーなどを持っている者がいたらすぐに発見して捕りおさえることができるはずです」

「その警戒の上をいく者が現れたようだ」

「どういうことです？　相手は中国ではないのですか？」

そのとき、銃を手にした仲間が爆発の音を聞いて駆けつけてきた。

「いいか？」

ランパはロプサムにそっと言った。

「仲間を混乱させるようなことは一切言うな」

ロプサムは曖昧《あいまい》にうなずいた。

ギャルク・ランパは駆けつけた仲間たちに命じた。

「すぐに部屋のなかの火を消すんだ。遠くから発射されたロケット弾が、たまたま私の部屋に飛び込んだらしい」

ゲリラたちは、すぐさま消火作業にかかった。

トニー・ルッソは、サングラス越しに、はるか遠くのジョカン寺の窓から火と黒煙が噴き出すのを見て満足げにほほえんでいた。

その窓には、細い赤い線の十字がかぶさって見えており、その脇には、小さな数字や記号が絶えず変化しながら見えている。

彼の顔に埋め込まれたゴーグルは、測定器であり照準器であり、ミサイルの誘導装置の一部でもあった。

ルッソと窓の距離を示す数字は二百メートルを超えていた。

彼は、薬指の超小型ミサイルを、思いどおりに飛ばすことができるのだった。

ジョカン寺から武装したゲリラが駆け出してくるのが見えた。

ギャルク・ランパの部屋を吹き飛ばした犯人を発見しようというのだ。

「うるさい蠅《はえ》どもめ」

トニー・ルッソは、ゴーグルをズームモードに切り替えた。ゲリラたちの姿がすぐ近くに見えた。

ゲリラたちがジョカン寺のまえの広場にひとりの男を引き立てていった。

『チベット独立戦線』のゲリラたちは、五人でその男を取り囲み、ソ連製のカラシニコフ・アサルト・ライフルや、中国製のライフル、そして、アメリカ製のM１１６を突きつけていた。

『チベット独立戦線』の連中に引っぱって行かれたのは、アラン・メイソンだった。

その様子を見て彼はつぶやいた。

「トロイの木馬か……。単純なやつらだ」

トニー・ルッソがランパの部屋を爆破する。その直後、アラン・メイソンがジョカン寺のそばで怪しい素振りを見せる。ゲリラたちはメイソンを捕えてジョカン寺のなかへ連行しようとするだろう。

そこでメイソンは独力で自由を取り戻し、ギャルク・ランパの死を確認する。あるいは生きている場合はメイソンが暗殺をする。

そういう計画だった。

トニー・ルッソは比較的遠距離にいて、そして、ジョナ・リーとホーリイ・ワンは寺のすぐそばに潜んでいて、アラン・メイソンのバックアップにそなえていた。

「中国人はなんでこんな素人どもに手を焼いているんだ」

ルッソはひとりごとを言うと、ポケットからプラスチックのケースを取り出して開いた。あまり気持ちのいい光景ではなかった。そのケースには、左右の薬指が並んでいた。

それぞれ弾頭の爆薬の量や質が違っているのだった。ルッソはそのなかから、一本を抜き取り、左の手にセットした。

五人のチベット人ゲリラは、アラン・メイソンを慎重にジョカン寺へ連行しようとしていた。

彼らがアラン・メイソンの身体検査をして、慎重に武装解除をしたのは言うまでもない。しかし、最大の武器には気がつかなかった。

メイソンは頭のうしろに両手を組み、おとなしく連行されていった。

突然銃声が響きわたった。

チベット人ゲリラたちは、さっと姿勢を低くして四方に眼を配った。

付近に着弾していないことから、威嚇射撃であることがすぐにわかった。

五人のチベット人ゲリラは、急いでジョカン寺のほうへ向かおうとした。すると、ショットガンの連続した発射音がして、広範囲に着弾し、彼らの行く手をはばんだ。

「その男を解放しろ」

英語で叫ぶ声が聞こえた。

アラン・メイソンは眉をひそめた。

再びゲリラたちとジョカン寺の間に、ショットガンの弾丸が撃ち込まれた。再び英語による呼びかけがあった。

「その男をすぐにその場で解放するんだ」

ジョカン寺のなかから、チベット語でゲリラたちに呼びかける者がいた。ロプサムだった。彼は、「言われたとおりにしろ」と叫んでいるのだった。

「その男をそのまま残して、おまえたちは引き上げろ。ギャルク・ランパ師がそうおっしゃっている」

そのひとことは効果てきめんだった。五人のゲリラはさっとアラン・メイソンの包囲を解き、後ろ向きに銃を構えながらジョカン寺へ撤退した。

アラン・メイソンはチベット語を解さなかったが、その瞬間にふたつのことを悟った。

作戦は失敗し、おそらくギャルク・ランパはまだ生きているということを――。

広場にただひとり残されたアラン・メイソンはひどく不安になった。作戦の妨害をしたのはいったい何者だろうと彼は考えていた。

その男、あるいは連中はあたかも、メイソンの味方であるかのように振る舞った。チベット人たちはそう信じたはずだった。しかし、味方であるはずがなかった。相手は何者であれ、作戦を妨害したのだ。敵と考えねばならない。どこからか自分が狙われているのがわかった。身を隠すものはない。このままでは死を待つばかりだと思った。チャンスが必要だった。ただ一度でいいから生きのびるためのチャンスが。

トニー・ルッソは、数多くの経験から新たな敵があらわれたことをすばやく察知した。彼は銃声から、使われた銃がカラシニコフ・アサルト・ショットガンAKSDであると判断した。そして着弾のスピードと方向から、相手の位置を割り出していた。トニー・ルッソの視界の隅では小さな赤い数字が目まぐるしく変化していた。その数字が定まると、風景の一点に赤い輝点が点滅した。

その輝点を視界の中心にもってくると、赤い細い線がぱっと現れ、そこで交差した。そして誘導波を示す赤い細い線で描かれた輪が次々とその一点に向かって小さくなっていった。

ルッソは左手から超小型ミサイルを発射した。

ミサイルは、風景のなかの赤い輝点めがけて正確に飛んだ。そして、家の屋根の上で爆発した。

ＡＫＳＤを構えていた白石は、完全に肝を冷やした。ついさっきまで自分がいた場所で爆発が起こったのだ。

その場所とは五メートルと離れていない。彼は、すでに屋根から降りていたが、爆風と、壁の破片をもろに浴びて地面に叩きつけられた。彼は気を失った。

アラン・メイソンはその一瞬を逃がさなかった。彼は、爆発が起こったとたんに飛び出し、路地へ飛び込んだ。

その路地にはホーリイ・ワンがおり、安全であることはわかっていた。

「どういうことだ」

ホーリイ・ワンがメイソンの両肩をつかまえ、引き起こすようにして言った。「俺たちはいったい誰と戦っているんだ」

「落ち着けよ、ホーリイ」

メイソンは、ひと息ついて汗をぬぐった。

「どうやら、ベルファストあたりから、俺たちは悪魔に取り憑《つ》かれちまったらしいぞ」

18

バリーは手にビデオカメラのような恰好をしたマシンピストルを持っていた。

ヨーロッパ共和国連邦ベルギーのFN社が作ったP90だった。ピストル弾ではなく、ライフル弾を小型化したような火薬量の多い実包を使用する。五・七ミリ×二八という弾丸だ。その弾丸を一度に五十発込めることができる。

彼はスリングでP90をさっと腰のうしろへ回すとかがみ込んで白石の様子を見た。頭を打っていないかどうか慎重に調べた。

バリーが、軽く頬を叩くと白石は意識を取り戻した。

バリーはにやりと笑って見せた。

白石は身を起こし頭を振った。頭を打ったにしてもたいしたことはなさそうだった。

「くそっ！」

白石は毒づいた。「いったいどうなっちまったんだ？」

「アラン・メイソンを孤立させたまではなかなかかっこよかったがな……。おそらくトニー・ルッソのやつだろう。例の指型ミサイルを撃ち込まれたんだ。一箇所でぐずぐずしていると危ない。あとのふたりもこの近くでうろうろしているはずだ」

「オーケイ。僕はもうだいじょうぶだよ」

「本当だな、坊や？」

「そういうことを言ってると、けがしても手当してやらないからね」

バリーはP90を右手に持つと、その場を離れた。

白石もＡＫＳＤを構え、壁に身を寄せて移動を始めた。


シド・アキヤマは腰に愛用のグロックを下げ、手にはバリーと同じP90を持っていた。

彼は市街戦のノウハウに従って、常に退路を確保しながら細い路地を進んだ。

彼は、アラン・メイソンが飛び込んだ路地をはっきりと見ていた。今、その路地に近づきつつあった。

反対側からは陳隆王が迫りつつあるはずだ。

アキヤマの足取りは猫科の動物のようだった。日干しレンガの角のむこうから、囁《ささや》くような会話が聞こえる。

アキヤマはぴたりと動きを止めた。アラン・メイソンと誰かが話しているに違いないと思った。

壁に身を寄せながら、じりじりとその角まで進んだ。

深呼吸してから、Ｐ90を握り直した。さっと角から飛び出すと同時にＰ90をフルオートで掃射した。

しかし、そこには誰もいなかった。ごく一瞬ではあったが、アキヤマはそこに立ち尽くした。

彼は罠にはまったことを知り、壁に密着した。

「シド・アキヤマ……。なるほど、おまえだったか……」

石畳の上からアラン・メイソンの声がした。マッチ箱ほどの大きさのトランシーバーが置いてあった。

シド・アキヤマはそのトランシーバーからの声を餌におびき寄せられたのだ。

「ベルファストもおまえのせいなのだな」

アラン・メイソンの声はうれしそうにさえ聞こえた。

「俺たちに取り憑《つ》いた悪魔は、シド・アキヤマだったのか」

アキヤマは、じりじりと移動を開始した。彼は一言も発しなかった。口をきいたら最後、命を失うような、原始的な呪術《じゅじゅつ》めいた恐怖を感じた。

「俺の右手を撃ち抜いたのもおまえだな。そう考えればうなずける。あれだけの腕を持っている者はそう多くはない」

アキヤマは、窓の脇まで来た。その家は商店だったが今は空き家になっていた。激しい闘いのため店を閉めて、あるじたちはどこか田舎へでも越したのだろう。

窓には板が乱雑に打ちつけられていた。

その板が大きな音とともに裂けた。

そして窓からホーリイ・ワンが飛び出してきた。

ホーリイ・ワンの続けざまの拳と蹴りは、アキヤマのすぐ脇をかすめていった。アキヤマはかわすだけで精いっぱいだった。

銃を構えることもできない。

相手の攻撃に対して受け技を使うことすら許されないことをアキヤマは知っていた。陳隆王によるとホーリイ・ワンは手足にたいへん固い装甲をほどこしているだろうということだった。

不用意に受け技を使えばこちらの骨が折れてしまうのだ。

中国拳法に長《た》けているホーリイ・ワンは、決して相手に間合いを取らせない。密着した状態から、自分は発勁《はっけい》を用いた短いが威力のある拳——いわゆる寸勁《すんけい》で攻撃し、相手の攻撃をすべて殺してしまう。

アキヤマは、銃を向けることすらままならなかった。

彼は石畳の上に身を投げ出し、一回転してワンの後方へ回った。反射的な身のこなしだった。

ワンが振り向いた。

アキヤマは片膝をついていた。その姿勢のまま、P90をフルオートで撃った。

もともとストッピング効果の強化を狙って作られたマシンピストルだ。弾丸に威力がある。

アキヤマの狙いはきわめて正確で、弾のほとんどは胸の中心から心臓にかけて集まった。

ホーリイ・ワンの体は文字どおり、二メートル後方まで吹っ飛んだ。

アキヤマは撃ったときの姿勢のまま、大きく息をついていた。やったのか？　彼は思った。

しかし、彼は気になっていた。

着弾のとき、鋭い音がしたのだった。まるで、弾がはじき返されるような音だった。

アキヤマは奥歯を噛みしめた。

ホーリイ・ワンがむくむくと動き出したのだった。彼は、確かにひどい衝撃を受けていた。しかし、傷は負っていなかった。

ワンは起き上がった。

「卑怯なやつだ」

ホーリイ・ワンは香港訛りの英語で言った。

「素手の人間を撃つのか」

ワンはじりじりとアキヤマに近づいていった。

アキヤマは冷静さを取り戻して、ワンの顔を狙った。

そのとたんに、ワンは両手で顔をふせいで左右に体をゆすりながら、飛び込んできた。

アキヤマはフルオートで発射したがこうなると小さな的の頭部にはなかなか当たらない。すべて、弾は腕のセラミック装甲で弾き返された。

それでも、P90のストッピング効果は、ホーリイ・ワンの突進の勢いを弱めることができた。おかげでアキヤマはワンの強力な蹴りの第一撃をかわすことができた。

すかさずホーリイ・ワンは、体を反転させて、後ろ回し蹴りを放った。

アキヤマは激しい衝撃を覚悟した。そのとき、まったく別の方向からのショックを感じた。誰かに体当たりをされたのだった。

アキヤマは、そのおかげでホーリイ・ワンの後ろ回し蹴りを避けることができた。

彼は不思議な光景を見た。ホーリイ・ワンも倒れているのだ。

陳隆王だった。

陳がアキヤマに体当たりし、同時に、ホーリイ・ワンの蹴りを流すようにさばいてバランスを崩させたのだ。あとは軽く足を払ってやっただけだった。

「そんな蹴りはもともと中国武術にはない」

陳は広東語《カントン》で言った。「中国武術の本質から離れた技――。そんな寄り道をしていたのでは、武術は極められない」

ホーリイ・ワンは、跳ね起きて、陳隆王に向かっていった。

素晴らしいスピードで踏み込み、発勁を用いて打ち込んだ。

踏み込んだ足が、石畳をすさまじい勢いで踏みつけていた。震脚《しんきゃく》という八極拳《はっきょくけん》に見られる技法だ。震脚により、拳の威力が増すのだ。

陳隆王は、ふわりと体重を後方に移動しながら、開いた両手を蝶が舞うように動かした。

魔法を見ているようだった。

ホーリイ・ワンの体が、陳隆王の目のまえでまっすぐ下に叩きつけられたのだ。

陳はそのまま、ホーリイ・ワンの頭を踏みつけようとした。

ホーリイ・ワンは横へ転がってそれを避け、起き上がった。

彼は、さきほどとはうって変わって、恐怖の表情を浮かべていた。

ホーリイ・ワンを地面に叩きつけたのは、陳隆王の化勁《かけい》だった。そのたったひとつの技で、ワンは陳の武術の力量を悟ったのだ。

彼の顔は今や蒼白になっていた。

ホーリイ・ワンはついにその場から逃げ出した。

アキヤマは何もできずにいた。

「助かったよ」

彼はようやく一言だけ陳に言った。陳はこたえた。

「いいんだよ《ノー・プロブレム》」

その声が妙に悲しげだった。

シド・アキヤマは、武術家としての陳の心のなかを推しはかったが、すぐにそれをやめた。ここが戦場であることを思い出したのだった。

ジョナ・リーが振り返ったとき、アラン・メイソンはもうそこにいた。

戦場におけるメイソンはまさに亡霊そのものだった。

ジョナはエメラルドグリーンの眼でメイソンを見つめた。その表情は固くこわばっている。

一方、メイソンは愉快そうに笑いを浮かべている。

「トランシーバーで聞いたわ」

ジョナはメイソンに言った。メイソンはうなずいた。

「そうだ。シド・アキヤマだよ、ジョナ。まんざら知らん仲でもあるまい。挨拶に行ってきたらどうだ?」

ジョナの眼に怒りの色が浮かんだ。メイソンは笑いを消し去った。

「そんな眼で俺を見ることは許さん。シド・アキヤマに会って来い。アキヤマはいつもの行動力を失うだろう。誰だってそうだ。アキヤマはおまえを女神のように慕っていた。だがおまえはあいつを裏切った」

「あなたの知ったことじゃないわ」

「そう。ふたりの間に何があったのか詳しくは知らない。知る必要もない。重要なのは、アキヤマがおまえを見て動揺するだろうという点だ。やつを殺すチャンスが生まれる」

ジョナは唇を咬《か》んだ。

メイソンは言った。

「おまえにしかできないことだ」

「そうね」

やがてジョナ・リーは言った。「やってみる価値はあるわね」


アキヤマと陳隆王は再び分かれて、迷路のような路地を進んだ。

そろそろ撤退して、ギャルク・ランパに会わねばならないとアキヤマは思った。ゲリラ戦はひどく神経を使う。もうじきどんなに慣れている連中でも限界がやってくるはずだった。

そういうときに魔が差すのだ。

神経の集中力が落ち、普段考えられないことをしでかしたりする。

アキヤマはP90の残り弾数を確かめた。二十三発残っている。ホーリイ・ワンに対して二十七発も撃ったことになる。

彼は自分の装備を点検することで神経の集中力を保とうとしたのだった。

ふと近くで人の気配がした。前方だった。

ジョナ・リーが立っていた。

エメラルドグリーンの眼がアキヤマを見つめていた。


アラン・メイソンは、空き家のなかからアキヤマの様子を見つめていた。彼は気配を消し去り、家から出ると、アキヤマのうしろへ回った。

アキヤマのまえに打ち合わせどおりジョナ・リーが現れた。

アラン・メイソンは、アキヤマが心理的ショックのために立ち尽くすか、あるいは、思わずジョナに話しかけるかすると思った。

そのときがアキヤマを殺すチャンスだった。

しかし、メイソンもジョナも予想しないことが起こった。

ジョナが現れたとたん、アキヤマはP90をバーストで撃った。フルオートにしておいて引き金を引き、すぐにはなしたのだ。

弾丸が続けざまに三発だけ発射された。

ジョナは左肩に被弾し、激しく体をひねり後方へはじき飛ばされて倒れた。それきり動かなくなった。

アキヤマはすぐさま、真後ろへ振り向き、アラン・メイソンに銃口を向けてフルオートで撃った。

メイソンは左手をさっと振ってから、建物のなかに飛び込んだ。緑の光線が、アキヤマの右上腕をかすめた。さっと袖と皮膚が切れた。皮膚からは出血しなかった。だがひどい痛みを感じた。

切れた箇所の組織が焼けているのだ。出血しないのはそのせいだった。

一方、建物のなかに飛び込んだアラン・メイソンも左のももに弾を受けていた。強力なP90の五・七ミリ×二十八弾を何発か食らったのでずたずたのひどい傷となった。

メイソンは、バンダナを出して傷をきつくしばった。

彼は埃をかぶった木の階段があるのを見つけ、這うようにして登った。

アキヤマが建物のなかまで追ってきた。彼は入口に立ち、P90を部屋中に掃射した。

そうしておいて一歩一歩慎重に踏み込んできた。アキヤマは血の跡に気づいていた。

彼は階段に注意深く近づいてきた。

メイソンは二階へ上がり、窓に近づいた。となりの屋根はその窓より高かった。普段のアラン・メイソンならそこへ飛び移ることくらい簡単だったが、左大腿部に傷を負った今の体では無理だった。

メイソンはシド・アキヤマという男のおそろしさをあらためて思い知った。

アキヤマは、かつての恋人を何のためらいもなく撃ったのだった。

そして、まったく冷静に後方から近づこうとするメイソンにも対処した。

シド・アキヤマが自分を追いつめようとしている——そう思うとメイソンは初めて恐怖を感じた。

彼は、マッチ箱大のトランシーバーを取り出し、トークボタンを押して言った。

「トニー、聞こえるか？　アラン・メイソンだ」

「聞こえる。撃ち合っているようだが、様子がわからん」

「撤退の用意だ。今、俺がどこにいるかわかるか？」

「わからん。何か目印はないか？」

「今からガラス窓を叩き割る。見つけてくれ」

メイソンは、割れている窓のガラスにさらに一撃をくれて粉々にした。

「見つけたぞ」

「その部屋に、窓から爆薬量の少ない弾頭のミサイルを撃ち込んでくれ。いいか、俺が合図したらすぐに撃ち込むんだ」

「わかった」

メイソンはアキヤマが一歩一歩階段を登ってくる音を聞いた。

彼は苦労して立ち上がり、窓枠を外してガラス片を払い落とした。そして、窓からなかば身を乗り出した。

アキヤマの足音がすぐ近くまできた。

タイミングが勝負だった。

アキヤマの頭が見えた。

「今だ、トニー」

メイソンは言って、窓の外に身を投げ出した。そして両手で窓から外側にぶら下がる形となった。

きれいなカーブを描いてルッソのミサイルが飛んできて、部屋のなかで爆発した。

その衝撃でメイソンも地面に振り落とされた。ももの傷がひどく痛んだ。吐き気がするほどだった。

しかし満足感があった。シド・アキヤマは今のミサイルでばらばらに吹き飛んだに違いないと彼は思った。

俺があのシド・アキヤマをおびき寄せて殺したんだ――そう思うと、気分が高揚して、痛みがやわらいだ。

彼は、左足を引きずりながら、ジョナ・リーが撃たれたところへ行った。そこには血だまりがあるだけで、彼女の姿はなかった。

アラン・メイソンは毒づくと、トランシーバーに向かって言った。

「全員、撤退だ」

彼は、独力で合流地点へ向かい始めた。

シド・アキヤマは、完全にメイソンを追いつめたと思っていた。少なくともメイソンには、通常の人間同様に銃が役に立つことがわかった。

彼は、一気に片をつけるつもりだった。階段を登って、フルオートでP90の五・七ミリ弾を見舞ってやればいいのだ。

彼は二階に顔を出そうとした。

そのとき、後方でふわりと風が吹いたような気がした。人の気配ではない。もっとすがすがしい何かを感じた。

思わず振り返った。

ギャルク・ランパが立っていた。アキヤマは思わず呼びかけそうになった。

ランパは何も言わず、アキヤマの服を思いきり引っ張った。

ふたりは転がるように階段から落ちた。

二階が爆発したのはそのときだった。天井がこわれ、木材がばらばらと落ちてくる。

ようやくそれがおさまると、ランパは言った。

「よくも巻き込んでくれたな」

「言ったろう。君の協力が必要なんだ」

「そうだろうとも。私がいなければ、今、君は死んでいた」

「ひとつ借りだ」

「そういうものの考えかたはよくないな」

ギャルク・ランパは立ち上がった。「素直に感謝すればそれで済むことだ」

いずれにしろ、トニー・ルッソのミサイルがこの市街戦に終止符を打ったのは確かだった。

19

ジョカン寺の一室で、白石達雄は透明ビニールの無菌テントを張り、難しい顔でジョナ・リーを見つめていた。

やがて彼は首を振ると、テントから出てきて、ゴム手袋やマスク、帽子を外した。

シド・アキヤマ、ジャック・バリー、陳隆王、そしてギャルク・ランパが、好奇心に満ちた眼で白石を見つめている。

「弾は剔出《てきしゅつ》したよ」

白石は言った。

ジャック・バリーが言った。

「誰もそんなことを聞きたがっているんじゃないんだ」

白石は肩をすぼめた。

「わからないんだ」

「わからない……？」

バリーが訊き返す。

「そう。少なくとも僕が弾丸の剔出手術をしたあたりの組織は、通常の人間の組織と変わらない。ゲンロク・コーポレーションのやつらがいったいどんな手術をほどこしたのか、まったくわからないんだ。彼女は大けがをしたといわれているけど、縫合のあとすらないんだよ」

「だが、実際彼女は電気ウナギみたいに、自由に放電させていたんだ。どこかに特別なしかけがしてあるんだろう?」

「もちろんそうだろう。だが、これは僕の想像だけどね、通常は僕らと変わらない体をしているんじゃないかと思うんだ」

「どういうことだ?」

「何かのきっかけで、一連の細胞なり器官なりが変化するんじゃないかと思う。電気人間に関する症例が昔、あったような気がする。彼……彼女だったかな……。とにかくその人は、雷に打たれたショックか何かで、体にかなり強い電気を持つようになったんだ」

「ゲンロクは、つまり、そういう体質にジョナを作り変えたのだ、と……?」

「そう。そして、もっと言えば、ジョナは、自分の意志で、いつでも細胞組織や器官を変化させることができるんだ」

「エネルギー源は何なんだ?」

バリーがメカ好きらしい質問をした。「あれだけの電気を発生させるには相当なエネルギー源が必要だろう」

「おそらく、僕たちの体のなかで行なわれているのと同じだ。実際に、僕たちの体内ではかなりの量の電気が作られている。それは広い範囲に拡散しているので電気ウナギみたいなことは起こらない。でも、ある一連の細胞が直列になって電流を発生させたり、蓄電したりするようになると話は変わってくる」

「つまり、ジョナ・リーみたいな真似ができるわけか?」

「まあ、理屈の上ではね」

「そんな手術が可能なのか?」

アキヤマが尋ねた。

白石はアキヤマを見つめ、そして、さらに一同の顔を見回した。

「SASのホッジス大佐が言ったこと、覚えてるかい?」

白石は言った。「専門家が彼らの戦闘能力を分析したという話だ」

「覚えている」

アキヤマが言った。「彼らを改造した技術は現代の科学力をはるかに超えているという話だろう」

「そう」

白石はうなずいた。「僕もそれと同じことを言わなければならない。ジョナ・リーに対する手術は、現代の科学ではまだ不可能なはずなんだ」

「しかし、実際にジョナ・リーは存在している」

バリーが言った。白石はうなずいた。

「そうさ。実際にこの手術をプランし、執刀した者がいるんだ。いいかい。現代の科学力、などという言いかたは、ものすごく曖昧《あいまい》なんだよ。どこに基準を置いているのかわからない。例えば、ひとりの大天才が生まれたとしよう。その天才に使えるだけの金と優秀なスタッフを与えたとする。試行錯誤も認め放題だったとする。そうすると、その大天才は、一般の科学力をはるかに超えた発明やテクノロジーを次々と開発するだろうね」

「つまり、こういうことか？」

アキヤマが言った。「ゲンロクには、そういう恵まれた環境を与えられた大天才がいて、俺たちはそいつを相手にしている、と……？」

白石は肩をすくめ、曖昧に言った。

「まあ……。例えばそういうこともあり得るというわけで……。今のところ、それしか説明が思いつかない」

バリーは唇をなめてから、つらそうな表情で尋ねた。

「じゃあ、ジョナをもとの体に戻すことはできないのだな」

「おそらく無理だね。たぶん彼女は、高度な遺伝子レベルまで改造されている。今の一般的な科学力でそこまで手を出したら、たちまち有機体は暴走を始めるだろう」

「そのとおりよ」

突然ジョナの声がして、男たちは、はっと彼女のほうを向いた。

鎮静剤が切れて、意識を取り戻したのだった。

ジョナは言った。

「あたしは別の生き物として生まれ変わったのよ。ゲンロクのやつらが化け物に作り変えてしまったというわけよ」

その口調には怒りがこもっていた。

バリーと白石は、そっとアキヤマのほうを見た。

アキヤマは、四人の男に言った。

「悪いが、ジョナとふたりにしてもらえないだろうか？」

四人は互いに顔を見合わせた後、無言のまま部屋を出て行った。

「あたしは、今すぐにでもあなたを感電死させられるのよ」

ジョナが、憎しみのこもった眼でアキヤマを見つめて言った。

「知っている」

「あたしにできないと思ってるのね。あなたがあたしを見たとたん撃ったように、あたしもあなたを殺せるわ」

「たぶんそうだろう」

「ふたりっきりになってどうする気？」

「話がしたかった」

「今さらあたしたちに何の話ができるというの？」

「過去にとらわれるのは愚かなことだ。だが、人間はひどく愚かにできているらしい。そういった類の話だ」

「あなた、あたしを撃ったのよ」

「知ってるだろう。本気だったら、君は心臓を撃ち抜かれていた」

ジョナの眼に困惑の表情が浮かんだ。

「いったい何を言ってるの？」

「君を殺さずに済む唯一の方法だった」

ジョナはしばらく無言でアキヤマを見つめていたが、眼をそらすと吐きすてるように言った。

「ばかばかしい」

「そうだな……。その言いかたは正しい。俺たちが初めて会ったのは、華やかなパーティーでもなければ、オペラの鑑賞会でもなかった。硝煙と血のにおいのする戦場だった。そう。アフガニスタンだ」

「聞きたくないわ、そんな話」

「聞きたくなくても聞いてもらう」

それまできわめて冷静だったアキヤマの声に、突然怒気がこもった。「俺は誰とも組もうとしなかったし、ましてやいっしょに住もうなどとは思わなかった。今思えば、君とも暮らすべきではなかったのかもしれない。だが実際、俺たちは暮らした」

「そうよ」

ジョナが苦しげに言った。「戦場から戻って束《つか》の間の平和だった。あたしは、あなたの子供を身ごもった……」

　アキヤマはそこで沈黙した。

　滅多に表情を変えないアキヤマの顔に、苦痛がありありと浮かんだ。

「なぜそれを俺に言わなかった……？」

「言ったら、あなたは平和な町のなかの、たいくつな仕事にがまんしてくれた？」

　アキヤマにはこたえられなかった。

　その先起こったことはふたりとも口に出そうとしなかった。

　アキヤマは戦場に戻り、ジョナは彼の帰りを待てずに、戦場へ彼を追って行ったのだ。

　アフリカ西部の紛争地帯だった。

　そこでジョナは流産してしまったのだった。戦場での精神の緊張の連続と激しい不自然な運動のせいだった。

　ジョナ・リーは精神的に打ちのめされ、アキヤマをうらむようになっていた。誰かをうらまなければ生きていられないような状態だった。

　彼女は、アフリカの戦場でアキヤマに出会えぬまま姿を消した。

　戦場から戻ったアキヤマは、ジョナが自分から黙って去って行ったことを知った。

「俺にどうしてもわからないのは、俺のもとから君が去ったことではない」

しばらく続いた沈黙をアキヤマが破った。

「それからしばらくして、君がアラン・メイソンといっしょに戦場に姿を現すようになったということなんだ」

「あなたと同じよ、シド」

ジョナ・リーはアキヤマのファーストネームを呼んだ。

「わからないな……」

「人間は自分が一番有能でいられる場所へ戻りたくなるものなのよ。アラン・メイソンはあたしが立ち直る手助けをしてくれたわ」

アキヤマはうなずいた。

彼は、たいへん言いづらそうに奥歯を噛みしめていたが、ついに言った。

「もう一度、俺のところへ戻ってこないか？」

ジョナ・リーは、石の仮面のように無表情になった。

アキヤマはさらに言った。

「俺たちの側で戦ってくれないか？」

「ひどい言い草だわ」

それが無理なのはアキヤマにはわかっていた。

「話はそれだけだ」

アキヤマはドアに向かって歩いた。廊下で待っていた仲間を呼び入れた。

「充分に話し合えたのか？」

バリーがアキヤマに尋ねた。

アキヤマは無言でうなずいた。

「俺たちも、ランパと話し合っていたんだ」

バリーが説明した。「このままランパがラサに残れば、『チベット独立戦線』に大きな被害がおよぶ」

白石が補足した。

「アラン・メイソンたちの狙いはギャルク・ランパひとりだろうからね」

「それで？」

アキヤマがバリーに説明をうながした。

「ランパとともにラサを離れようということになった」

「どこへ行くんだ？」

「日本。北海道宇宙センターだ」

「なぜ？」

バリーはランパと白石を見た。

「やつらを殺すだけでは何の解決にもならない。要するに、サイバー・アーミーを生産するシステムを破壊しなければ意味がない——ランパはこう言う。そして、白石は、そのシステムがどんなものか、それを作った人間はどんなやつかたいへん興味があると言う」

「つまり、ゲンロク本社へ乗り込もうというのか？」

「そういうことになるな……」

「その必要はない。俺たちはそこまで依頼されていない」

「ボーナスの交渉をしろよ、アキヤマ。俺もゲンロクの技術に興味がある。金だけで動くわけではないんだ」

話をじっと聞いていたジョナ・リーが言った。

「相手が何者かわかっているの？」

五人の男はいっせいに、ベッドに横たわっているジョナ・リーを見た。

ジョナ・リーの緑の眼が重大なことを言おうとする決意を物語っていた。そのため、誰も口をきかず、彼女の言葉を待った。

ジョナ・リーは言った。

「完璧《かんぺき》な天才なのよ」

　五人の男は顔を見合った。

「天才ならここにもひとりいたと思うが……」

　バリーは言った。「シライシは天才外科医だ。だが完璧とは言えない。完璧な天才というのはあり得ない気がするが――」

　ジョナは首を振った。

「その三人は別なの。その三人はゲンロクの通常の経営にはまったく関わっていないわ。ゲンロクの社員もおそらくその三人のことは知らないはずよ。そして、その三人は、ゲンロクから好きなだけ研究資金を引き出すことができるの」

「ゲンロクの研究所のようなところにいるというわけか？」

　バリーが尋ねた。

「そう。彼らは、ゲンロク社の研究所によって選ばれ育てられた純粋培養の科学者と軍人なの。実際に彼らは何でも試すことができたわ」

「ある閃《ひらめ》きがあって、それを何不自由なく試せる環境があれば天才は育つだろう」

　白石が言った。「ジョナたちサイバー・アーミーが何よりの証明だ」

「ゲンロク社は飛び抜けたテクノロジーを持っている。それは、その三人の天才のおかげということになるのか……」

バリーが言った。

アキヤマはジョナに尋ねた。

「その三人の天才とやらが、君たち四人を地球へ送り込んだのは何のためか知らされているのか？」

「具体的には何も……。私たちは、彼らに命を助けられた恩があるわ。それに彼らはスポンサーでもある。そして主治医でありメカニックなのよ。私たちは命じられることを実行するだけよ。彼らの目的なんて知らないわ」

「何ともあわれな話だ……」

陳老人がつぶやいた。

ジョナがアキヤマに言った。

「さあ、あたしは重要な機密を洩らしたわ。三人の存在は極秘扱いなのよ。三人を裏切り、こちらに寝返ったのよ。守ってくれるわね」

アキヤマはふたつのことに驚いていた。

サイバー・アーミーを生み出すだけの総合的な科学力を支えているのが、たった三人の人間だったこと。

そして、もうひとつは、ジョナが自分の側につくと言い出した事実に、だ。

ジョナによると、ゲンロク社の三人は、二名の科学者と一名の軍人だということだった。

彼らは、ゲンロク社の切り札的存在で、経営には一切関与しないし、発言権もないが、驚くほどの自由が認められているらしい。

アキヤマは、この三人こそが、テロ・ネットワークを掌握しようとしている張本人であることを知った。

三人は、テロ・ネットワークの話をサイバー・アーミーたちにはしなかったらしい。

ただ、たいへん雄弁で、自分たちの未来の設計図をよく話して聞かせたということだった。

彼らは今後一世紀にわたる地球の環境のシミュレーションを完成させていたという。

ほぼ百年後には、地球は死の星になっているというのだ。

すさまじい環境破壊で森林は死滅し、酸素が減少する。代わって二酸化炭素、窒素酸化物、硫化水素などが急速に濃度を増してゆく。

老朽化した原子力発電所、原子力空母、原潜などが、ある時期に集中的に事故を起こし始める。たちまち、地上は放射能によって汚染されていく。

バイオテクノロジーによって生み出された新しいウイルスが洩れ出し、たちまち新しい伝染病が大流行することになる。

それらのことが重なり、人類は宇宙でも稀な生命にあふれた惑星を一時的に放棄しなければならなくなるのだという。

彼らはその未来を変えようとしているのだった。

ふたりの天才科学者と天才戦略家は、いち早く地球全体を支配し、地球を産業革命以前の環境に戻そうと考えているのだった。その後の美しい地球に降り立ち、汚染のない大地を踏むのが彼らの夢なのだ。

地球を死の星に変えたのは、国家と企業のエゴだ。ゲンロクの三人は、それを手中に収めようと考えたのだ。

超音速旅客機が、北海道宇宙センターに隣接された国際空港に向け、ファイナル・アプローチの態勢に入った。

アキヤマは、思索から現実に引き戻された。となりの席にはジョナ・リーがいた。信じがたいことだが、彼女はアキヤマのもとへ戻ってきたのだ。

アキヤマは、機がバンクしたとき、地上に広がる原始林を見た。

——まだ、こんなに緑が残っている——

彼は心のなかでつぶやいていた。——いずれは、この森林も失われるというのか？

20

「北海道ですって？」

黒崎高真佐はアキヤマから電話を受けて思わず訊き返していた。「どうしてまた……」

黒崎はアキヤマからの説明をじっと聞いた。

電話は一方的に切れた。

黒崎はしばらく考え込んでいたが、インターホンで秘書に命じた。

「陣内くんを呼んでくれ」

陣内吉範は三分後に現れた。

黒崎は陣内にパイプ椅子をすすめ、言った。

「シド・アキヤマたちはゲンロク社へ乗り込もうとしている」

「ほう……」

「ゲンロク社でテロ・ネットワーク掌握を推進しているのはふたりの科学者とひとりの軍人で、なんとその三人は地球を産業革命以前の環境に戻そうともくろんでいるというのだ」

「シド・アキヤマたちは、その三人を消そうというのですか？」

「そういうことだろう。ところで地球に侵入したサイバー・アーミーを始末するだけなら対テロ行為と見なすことができるが、ゲンロク社へ乗り込んで、そこの人間を抹殺するとなると、今度はこちらがテロ行為を取ることになる」

「そう。立派な犯罪と言えるでしょうね。しかし、われわれの仕事に非合法活動はつきものです」

「日本の内閣官房情報室が関与していることを、完全に秘匿し通せるかね？」

「完全にとは言えませんね。しかし、まったく問題が起こらない程度にならば隠し通せますよ。日本政府の機関がサイバー・アーミーを雇ってギャルク・ランパの暗殺を依頼した事実も、おそらくその三人が知っているに過ぎないでしょう。むしろ、シド・

アキヤマたちが、その三人を消してくれれば好都合というものです」

「そうだな……」

「何か納得できない点がおありのようですが……？」

「私はシド・アキヤマがなぜそこまでやりたがるのかわからん。誰だって同じ報酬なら仕事は楽に済ませたいものだろう」

「それは私たちの理解を超えてますね。でも、彼らには彼らなりのけじめの付けかたというものがあるのでしょうね」

「不思議なことに、私はあのシド・アキヤマというテロリストのことが気に入ってしまったようだ」

「わかりますよ。彼は一流の男のようですからね」

「話はそれだけだ」

陣内は立ち上がり、一礼して部屋を出た。

「日本は武器持ち込みに関してはひどく厳しいと聞いていたんだがな……」

バリーが言った。彼らは、愛用の拳銃やマシンピストル、自動小銃などが詰まった荷をホテルで開いていた。

「あんたの言うとおりだよ」

白石が言った。「これは特別だ。内閣官房情報室が手を回したんだ」

彼らは、宇宙センターがある夕張のホテルに泊まっていた。

部屋の電話が鳴り、シド・アキヤマが取った。

「バリー、あんたにだ」

アキヤマは受話器を差し出した。

「バリーだ」

彼は受話器に向かってそう言っただけだった。あとは相手の話をじっと聞いているだけだ。

電話を切ると、バリーは一同に言った。

「アラン・メイソンたちが俺の情報網にひっかかった。彼らは日本に向かっている。ちゃんとギャルク・ランパのあとを追っているようだ。やつらにも眼と耳はあるらしい」

「そうでなければ、私がチベットを離れた意味がない」

ギャルク・ランパが言った。

「ゲンロク・コーポレーションの情報網をあなどってはいけないわ。あたしたちの居場所はつきとめられ、メイソンに連絡がいっているはずだわ」

　ジョナ・リーが言う。

「そうだな……」

　バリーがジョナを見た。「そして、あんたがこちらへ寝返ったことも知られている」

「そうよ」

　アキヤマは、ジョナがアランでなくメイソンと呼び始めているのに気づいていた。

「やつらは頭にきているだろうな」

　バリーが言うと陳老人がうなずいた。

「怒り、そしておそれを感じておるでしょう」

「シライシ」

　アキヤマが呼びかけた。「車を二台、用意してくれ。バッテリーで動くやつでなく、昔ながらのエンジンを積んだパワーのあるやつがいい」

「わかった」

　アキヤマは一同に言った。

「やつらが現れたら、手早く片づけてしまおう」

夕張スペース・ポート・シティにアラン・メイソン、トニー・ルッソ、そしてホーリイ・ワンが姿を見せたのは二日後だった。

ギャルク・ランパは、人混みのなかで、メイソンに近づいた。メイソンは、すぐうしろに来られるまで気がつかなかった。ランパはメイソンのお株を奪ったのだ。

ランパはささやいた。

「ご苦労だな。だが私は祖国のためにも殺されるわけにはいかない」

メイソンは驚き、そして、怒りのために凍りついたように動かなくなった。

ギャルク・ランパは、さっとアラン・メイソンから離れた。その瞬間から戦闘が開始された。

トヨタのランドクルーザー二台が夕張の山へ分け入った。エンジンは昔ながらの力強い内燃機関だ。

そのあとを、同類の四輪駆動車が追っていた。

うしろの四輪駆動車から、続けざまに、四十ミリ榴弾《グレネード》が発射された。三発の榴弾のうち二発は路上で爆発したに過ぎなかったが、一発は後方のランドクルーザーのすぐ横で爆発した。

一瞬ランドクルーザーはコントロールを失い谷側へ落ちそうになったが、何とか持ち直した。しかし、山側の森林のなかに突っ込む形になり、停車せざるを得なかった。

先行していたランドクルーザーも、それに気づいて道をはずれ、停まった。

前の車から、白石、陳老人、アキヤマが、後ろの車からバリー、ランパ、ジョナ・リーがいっせいに飛び出した。

追走してきた四輪駆動車に向かって、アキヤマとバリーがP90マシンピストルを、白石とランパがAKSDアサルト・ショットガンを、陳老人がM116自動小銃を、いっせいにフルオートで撃ち始めた。

フロントガラスがたちまち粉々になり、追走してきた車は急停止した。

アキヤマたちは撃ちながら後退し、針葉樹と広葉樹が混じり合う山林へ入っていった。

銃撃が止むと、車のなかからアラン・メイソン、トニー・ルッソ、ホーリイ・ワンが飛び出した。彼らは、Gマークのサブマシンガンを手にしていた。

彼らが飛び出した直後、車が火を噴いた。

「気をつけろ」

アラン・メイソンがサブマシンガンをコッキングしてふたりに言った。「シド・アキヤマは森林戦が得意なんだ」

三人は用心深く森林に入っていった。下生えが深く、進むのに苦労した。灌木の茂みやその枯れ枝が積み重なり、視界をさえぎるほどだった。

トニー・ルッソはミラーグラスのゴーグルのような装置を赤外線センサーに切り替えた。体温で敵を発見するのだ。

「いた……」

トニー・ルッソは、そのオレンジ色の影に向かってGマーク・サブマシンガンを発射した。

メイソンとワンもそれにならった。しかし、木々の幹や折り重なる枝が邪魔になって弾が相手まで届かなかった。

「くそっ」

ルッソは、マシンガンのバーチカルグリップから左手をはなし、その薬指を発射した。

超小型ミサイルはまっすぐに敵の影に向かうはずだった。しかし、ミサイルはでたらめなコースへ飛び見当違いの場所で爆発した。

ルッソは呪いの言葉を吐き出していた。

「どうした？」

「妨害電波《ジャミング》だ」

そのとき、三方向からフルオートで銃弾が飛んできて、近くの枝を折って舞い上がらせ、幹をけずった。

メイソンたちは下生えのなかに身を投げ出した。

「やつら散開してるぞ」

ルッソが言う。メイソンがうなずいた。

「だがこちらにはこちらのやりかたがある。ばらばらになると不利だ」

バリーがアキヤマに言った。

「思ったとおりだ。装置を思いきり小型化するために、対妨害電波のメカニズムを犠牲にしたようだ。急ごしらえのジャマーがおもしろいように効く」

アキヤマはうなずいた。

「これでむこうの最大の武器は封じた。包囲の輪を狭めるぞ」

アキヤマの意志は、ちょうどメイソンたちをはさんで反対側まで展開していたランパにたちまち通じた。

ランパは枝づたいに移動を始めた。その姿は風のように軽やかだった。

陳と白石は、ランパの動きを見て、移動を開始した。


「囲まれている。包囲を縮めてきている」

ルッソがゴーグルで四方を見回して言った。

「このままじゃ、反撃する間もなくやられちまう」

「くそっ」

メイソンが言った。「しかたがない。こちらも散ろう。いくぞ」

メイソンが下生えのなかを這うように進んだ。ルッソとワンも、それぞれ別方向へ進み始めた。


ギャルク・ランパが、シド・アキヤマのすぐ近くに突然現れた。彼は枝づたいに飛んで、やってきたのだ。

そばにいたジョナ・リーは驚いたが、アキヤマは平気だった。

「やつらは囲まれたことを知って、別々になった。包囲を突破する気だ」

ランパが知らせた。

「こちらの狙いどおりになったわけだ」

アキヤマが言った。「よし、ハンティングだ。一気にけりをつけよう」


白石と陳老人はホーリイ・ワンをマークした。アサルト・ライフルとショットガンでワンを精神的に追いつめていったのだ。

ワンは、Gサブマシンガンで撃ち返した。しかし、二十五発弾倉をたちまち空にしてしまった。

マガジンを変えようとするワンのまえに、陳老人が現れた。

ワンは新しいマガジンとGサブマシンガンを握りしめていたが、やがてそれを投げ捨てた。

陳老人に対して、拳を握り低く構えた。

「愚かな……」

陳老人は言った。彼もM116ライフルを下生えのなかに置いた。

陳隆王は、両手をだらりと下げひっそりと立っていた。離れたところで銃撃戦の音が聞こえた。

ふたりは向かい合ったまま動かなかった。達人同士の勝負は、たった一撃で決まることをお互いに知っているのだ。

武術の腕が上がるほど派手な技の攻防ということが必要なくなるのだ。

陳とワンは気で押し合っていた。

陳老人がふっと気を引いた。その瞬間にワンが、すさまじい勢いで拳を発した。陳老人の手がその拳を受け流そうとする。そのとたん、拳が肘打ちに変化した。セラミックの肘だ。

陳老人の脇に肘が叩き込まれたように見えた。しかし、ほんの数センチの差で肘は空を切っていた。

同時にワンは陳老人のてのひらを顔面に感じた。

陳は、強力な発勁《はっけい》を行なった。衝撃が頭蓋骨を素通りして直接脳におよぶ。ワンの脳は破壊された。

ホーリイ・ワンは静かに死んでいった。

バリーは、トニー・ルッソ相手に電子戦をいどんでいた。ルッソのミサイルは使いものにならなくなっていた。

ルッソは、左膝から四十ミリ榴弾を発射した。

バリーは、自作の電子装置を脇にかかえ、榴弾の炸裂を巧みに避けながら、片手でP90を撃ちまくっていた。

ルッソは、伏せていなくてはならなくなり、両膝の武器も使えなくなった。

トニー・ルッソは一瞬、風を感じた。はっと振り向くと、ギャルク・ランパが立っていた。

「なめやがって」

イタリア人の血が逆流した。ルッソはGサブマシンガンを、あっという間に全弾撃ち尽くした。

ギャルク・ランパはさっと木の陰に隠れた。ルッソはGマシンガンを捨ててつぶやいた。

「今、吹っ飛ばしてやるぞ」

彼は左膝のグレネード・ランチャーを使うために身を起こした。

ジャック・バリーは、その一瞬を逃がさなかった。

下生えのなかからルッソの頭が見えた瞬間、そこめがけてP90を発射した。

ルッソの頭がスイカのように吹き飛ぶのが見えた。

トニー・ルッソは倒れた。ゴーグルが割れていた。そこからのぞいているのは、びっしりと詰め込まれたバイオチップとセンサー類だった。

アラン・メイソンは、トニー・ルッソを倒すのに夢中になっているジャック・バリーの背中にそっと近づいていった。

ジャック・バリーがルッソの頭を吹き飛ばす瞬間も、まったくたじろがず、冷静さを保っていた。

だが、バリーのうしろに彼が現れることを待ち受けている男がいた。

シド・アキヤマだった。

メイソンは、居場所を知られるのを極端に嫌うために銃は使わないだろうとアキヤマは考えていた。

メイソンは、アキヤマの気配を感じて振り向きざま、右手を振った。右手のレーザーメスでアキヤマの首を切り落としてやろうと思ったのだ。

その一瞬ですべてが決まった。

メイソンは、右手の光線発射装置が、ベルファストで破壊されていることを、その一瞬だけ忘れたのだった。

アキヤマはＰ90を撃った。

メイソンは胸に弾丸を受けて、後方へはじき飛ばされた。

バリーが振り返った。

バリーはすぐに倒れているアラン・メイソンにとどめの銃弾を撃ち込んだ。

「うらむなよ」

アキヤマは小さな声でつぶやいていた。「うらむなら、ゲンロクのやつらをうらめ」

アキヤマは、蒼白な顔で立ち尽くしているジョナに気づいた。

彼はジョナにかけてやる言葉が思いつかなかった。

アキヤマは言った。

「さあ、ゲンロクへ乗り込むぞ」

ゲンロク・コーポレーション本社は、ひとつの町と言ってよかった。人口は三万人で、居住区とオフィス、実験ブロックに分かれている。

居住区は、ひとつの生態系を形作っていた。全体が円筒形のため、地平線は凹形の曲線を描いている。そのむこうには、かすかに宇宙空間が見えている。

円筒の軸の部分は無重力なので、シャトルの発着場となっている。

アキヤマ一行は、ゲンロク社の定期便で乗り込んだ。この定期便は、コロニーへの観光客も乗せているので乗ることには問題はなかった。

ただ、武器だけは一切持ち込めなかった。

ジョナが目的の場所まで皆をまっすぐに案内した。

そこは、実験ブロックにある何の変哲もない部屋だった。

鍵もかかってはいなかった。

そこには老人が三人すわっていた。三人はひどく無防備に見えた。

その部屋には何の警報装置も警備システムもなかった。

老人のひとりが言った。軍人の面影が残っている。

「戦いぶりは見せてもらった」

老いた軍人は、衛星からの映像モニターを指差した。

部屋は薄暗かった。

「われわれが来ることはわかっていたはずだ」

アキヤマが言った。

「わかっていた」

「なぜ逃げようとしなかった?」

「逃げる？　どこへ？　私たちの居場所はここしかないのだ。そしてここへ誰かがやってくるときは、何をしても無駄なときだ。最大の武器であるサイバー・アーミーが倒されたということだからな」

「ジョナの体をもとにもどしてほしい」

老科学者のひとりが言った。

「それは無理だ。不可能なのだよ」

「不可能？」

アキヤマが言った。

「そう。彼女は別の生き物に生まれ変わったと考えるべきなのだ」

アキヤマは怒りに光る眼でその老科学者を見すえた。

老科学者は言った。

「しかたがなかろう。でなければ彼女は死んでいたのだから」

「この部屋はどうしてこうも無防備なんだ？」

バリーが不審げに言った。「どうして俺たちを捕えようとするやつらや、戦おうとするやつらが現れないんだ？」

老軍人が言った。

「無駄なことだからだよ。君たちなら、どんなことをしてでも目的を果たすだろう」

「人間がそんなにあきらめがよくなるとは思えないな……」

バリーが言うと、最後の老人が口を開いた。

「夢を失ったからだ」

彼は静かに続けた。「私たちには、もう一度同じ計画を繰り返す時間は残されていない。いつの時代になっても老いには勝てない。そして、夢を失い年老いた人間は、すでに死んでいるに等しい……」

ジョナが手を振り上げようとした。三人の老人を殺そうとしたのだ。アキヤマがそれを抑えた。

「ここであっさり殺すわけにはいかない」

アキヤマが言った。「この先何年生きるか知らんが、その間じゅう失意を味わってもらう」

最後に口を開いた老人が言った。

「われわれが一番おそれていたのはそのことだ」

彼は溜め息をついた。「君たちをおそれていたわけじゃない」

そのとき、ギャルク・ランパがはっと顔を上げた。

彼は叫んだ。

「危ない！　この部屋から出るんだ」

ためらった者はいなかった。皆、この部屋のあまりの無防備さが気になっていたのだ。

アキヤマたち全員が部屋を飛び出した。

するとドアが固く閉ざされ、そのむこうで爆発音がした。

地球へ戻るスペースプレーンのなかで、アキヤマはランパにそっと話しかけた。

「あの老人たちは本当に死ぬほどの失意を感じていたのだろうか？」

「わからんな……」

ランパは言った。「地球が失われていくことを知っていたのだ。そうであっても不思議はない、だが……」

「だが、何だ？」

「私はあの三人が生きているような気がするのだ……」

アキヤマは何も言わなかった。彼は、ジョナを見た。あの三人が生きていれば、ジョナをもとの人間に戻す方法も見つかるかもしれないと思った。

だが三人の生死を確かめる術《すべ》はなかった。

おそらく、新聞にはゲンロク社の実験室のひとつが爆発事故を起こしたと報じられるだけだろう。新聞の記事があの三人の老人の身分に触れることはないはずだ——アキヤマはそう考えていた。

窓から太陽の光を受けて青く輝く地球が見えた。

シド・アキヤマはその美しい惑星をじっと見つめていた。

本書は2010年1月に刊行された徳間文庫の新装版です。
なお本作品はフィクションであり実在の個人・団体などとは一切関係がありません。

徳間文庫

最後《さいご》の戦慄《せんりつ》

〈新装版〉

2022年11月15日 初刷

著者 今《こん》野《の》敏《びん》

発行者 小宮英行

発行所 株式会社 徳間書店

東京都品川区上大崎三-一-一 〒141-8202
目黒セントラルスクエア

電話 編集〇三(五四〇三)四三四九
販売〇四九(二九三)五五二一

振替 〇〇一四〇-〇-四四三九二

印刷
製本 大日本印刷株式会社

ISBN978-4-19-894798-9 (乱丁、落丁本はお取りかえいたします)

徳間文庫の好評既刊

今野 敏

渋谷署強行犯係
密　闘

深夜、渋谷。争うチーム同士の若者たち。そこへ男が現れ、彼らを一撃のもとに倒し立ち去った。渋谷署強行犯係の刑事辰巳吾郎は、整体師竜門の診療所に怪我人を連れて行く。たった一カ所の打撲傷だが頸椎にまでダメージを与えるほどだ。男の正体は？

今野 敏

渋谷署強行犯係
宿　闘

芸能プロダクションのパーティで専務の浅井が襲われ、その晩死亡した。浅井は浮浪者風の男を追って会場を出て行っていた。その男は、共同経営者である高田、鹿島、浅井を探して対馬から来たという。ついで鹿島も同様の死を遂げた。事件の鍵は対馬に？

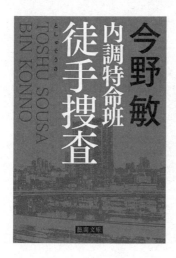